오수경
드라마 관찰자.
세상 모든 이야기에 호기심이 많아 주변을 두리번거리다 부딪히고
넘어지기를 반복하면서도 누군가의 이야기를 보고 듣기를 즐긴다.
"누구나 가슴에 드라마 한 편씩은 품고 사는 것"이라는 말을 믿으며
재미있게 본 드라마와 드라마보다는 조금 심심한 일상, 드라마보다
더 흥미로운 세상에 관해 수다 떨고 글 쓰는 것을 좋아한다.
작가를 꿈꿨지만 문예창작학과에 진학하고 나서야 글쓰기에
재능과 열정이 없음을 깨달았다. 그렇게 멀어진 꿈과 지켜야
할 현실 사이에서 방황하다가 어제보다 나은 오늘을 살고 싶어
비영리단체 활동가가 되었다. 동시에 자유기고가로도 활동하며
여러 매체에 글을 싣고 있다. 다른 작가들과 함께 『일 못 하는 사람
유니온』 『불편할 준비』 『을들의 당나귀 귀』를 썼다.

드라마의 말들

드라마의 말들

현재를 담아
미래를 비추는
거울

오수경 지음

들어가는 말
드라마가 왜, 뭐, 어때서!

“그 많은 드라마를 언제 다 보세요?”라는 질문을 종종 받는다. 그러면 씨익 웃으며 대답한다. “책 읽는 시간이나 자는 시간을 줄여서 봐요.”

좋아하는 일에 몰두해 돈과 열정, 시간을 아낌없이 투자하는 사람을 ‘덕후’라고 한다. 그럼 누가 시킨 것도 아니고 어디서 상을 주는 것도 아닌데 먹고 자는 시간을 줄여 드라마를 보는 나는 드라마 덕후일까? 언젠가 덕후의 기준을 두고 친구 K와 대화를 나눈 적이 있다. 일 년에 대략 천만 원 정도를 투자하면 덕후라 할 만하다는 게 그때 우리가 내린 결론이었다. 그 기준대로면 나는 덕후가 아니다. 드라마를 보려고 각종 플랫폼에 지불하는 일 년 치 구독료를 전부 합해도 천만 원은커녕 백만 원에도 못 미친다. 반면 시간, 그 대상을 하루 중 얼마나 많이, 얼마나 오래 좋아해 왔느냐를 기준 삼으면 결론이 달라진다. 공부든 취미 활동이든 얕고 짧게 하고 마는 내가 드라마에 만큼은 이토록 오랫동안 진심이니 드라마 덕후, 맞는 것 같다.

처음부터 드라마가 이렇게까지 좋았던 건 아니다. 열 살 때부터 내 장래 희망은 늘 작가였는데, 그중에서도 특히 라디오 작가가 되고 싶었다. 『별이 빛나는 밤에』나 『음악도시』 같은 라디오 프로그램의 대본 쓰는 상상을 하며 꿈을 키웠다. 그렇게 부푼 꿈을 안고 문예창작학과에 진학하고 나서야 내가 글쓰기에 재능도 열정도 없음을 깨닫고 작가의 꿈을 포기했다. "사랑이 다른 사랑으로 잊혀지네"라는 노래 가사처럼 그렇게 마음에서 갑자기 떠나 버린 텍스트의 빈자리를 다른 텍스트, 즉 드라마의 말들로 채우기 시작했다.

그렇더라도 드라마를 이렇게까지 본격적으로 볼 생각은 없었다. 남들보다 좀 더 많이, 좀 더 깊이 보는 편인데 그 계기는 뜻밖에도 드라마에 관한 편견 때문이었다. 여성을 향한 멸시의 표현으로 "집에서 드라마나 보는 주제에!" 같은 말이 공공연히 돌아다녔고, 꽤 많은 이들이 드라마를 책이나 영화에 비해 수준 낮은 텍스트라 여기곤 했다. 취미가 뭐냐는 질문에 드라마 보기라고 답하면 상대의 눈빛이 흔들리는 게 보이기도 했다. 드라마가 왜, 뭐, 어때서!

무슨 오기에서였는지 영화와 책 못지않게 드라마도 인간과 사회를 들여다보는 유용한 텍스트가 될 수 있다는 걸 증명하고 싶었다. 누가 보든, 보지 않든 그날 본 드라마의 감상을 페이스북에 꾸준히 써서 올렸다. 그저 좋았다는 말보다 창작자를 존중하는 마음으로 각 회차, 각 장면의 의미를 조금이라도 정성껏 해석해 보려 노력했다. 그런 내 글을 재미있게 본 한 월간지 편집장의 제안으로 드라마 이야기를 기고할 지면을 얻었고, 이후로 가끔 드라마에 관한 강의도 하고 글도 쓰는 '부캐'를 획득했다. 그

것도 모자라 드라마의 말들로 책까지 쓰게 되었으니 덕후에서 한 발 더 나가 '성덕'(성공한 덕후)이 되었다고 해도 과언이 아니다.

그렇다면 드라마는 내게 어떤 의미일까? 다양한 존재들이 서로의 다름을 인정하며 결국 이해하고 사랑하기를 선택하는 『런 온』(JTBC, 2021) 같은 드라마를 보면 나도 누군가에게 조금 더 다정하고 좋은 사람이 되고 싶다는 마음이 생긴다. "저 사람은 저렇구나, 나는 이렇구나. 이렇게 서로 다른 세계를 나란히 둬도 되지 않을까"란 대사를 들으면 나도 그렇게 타인을 이해하고 싶어진다. 드라마는 "상냥한 사람들이 바보 취급당하지 않"으면서 "섬세하고 다정한 사람들이 잘" 사는 세상이 오기를 바라며 뭐라도 하고 싶게 만드는 힘이 있다. 또한 드라마는 『검색어를 입력하세요 WWW』(tvN, 2019)와 『마인』(tvN, 2021) 속 인물들처럼 "구시대 신데렐라 레퍼토리"와 같은 낡은 패러다임을 뚫고 새로운 시간을 향해 전진하게 하는 힘이 있다.

『검색어를 입력하세요 WWW』(tvN, 2019)에서 배우 권해효가 연기한 브라이언의 말처럼 드라마는 우리가 "결국 버리게 될 것"을 고집스럽게 반복하기도 하고 "시대가 결국 선택하게 될 것"을 미리 당겨 보여 주기도 한다. 현재와도 닮고, 과거를 버리지도 못했으며, 어떤 면에서는 미래로 먼저 달려가 버린 듯한 복잡한 세계다. 그런 점에서 드라마는 '퇴행'과 '지향' 사이 어딘가에 존재한다고 생각한다. 나는 드라마가 가진 무수한 한계(퇴행)에도 불구하고 이 장르가 한발 더 나아가길 바라며(지향) 드라마를 관찰하는 사람이고, 이 책은 바로 그런 관찰의 기록이다.

그간 외롭고 버거웠던 하루를 잠시나마 잊게 해 준 말들, 타인을 이해하는 단서가 되어 준 말들, 우리가 사는 세상의 변화를 감지하고 이해하며 해석하게 해 준 말들을 모아 이 책을 엮었다. 쓰는 내내 우리 사회가 얼마나 변화했는지 가늠할 수 있었고, 드라마 속 인물들과 함께 나도 조금은 성장했음을 확인할 수 있어 좋았다. 한편 잊고 지냈던 한때의 친구들을 다시 만나 반가웠다. 『연애시대』(SBS, 2006)의 동진과 은호는 잘 살고 있는지, 『내 이름은 김삼순』(MBC, 2005)의 삼순 언니는 아직도 빵을 굽고 있는지, 『풍문으로 들었소』(SBS, 2015)의 봄과 인상은 여전히 사랑하며 살고 있는지, 안부가 궁금했다. 더불어 이 드라마들을 함께 보고, 이제 이 책을 함께 읽어 줄 독자들도 궁금해졌다. 한때 열광했고, 여전히 기억하고, 지금 사랑하는 당신의 드라마는 무엇인지.

이 책이 각자의 시절을 함께 했던 드라마를 발견하는 데 조금이라도 도움이 되길 바라며 수줍게 첫인사를 건넨다.

2022년 초여름

오수경

삶은 왜 혼자 먹는
저녁밥 같을까?

임수미
『식샤를 합시다』
tvN, 2013

001

주인공 이름이 내 이름과 같으면 아무래도 더 애정을 가지고 드라마를 보게 된다. 『식샤를 합시다』가 그런 드라마다. 1인 가구 증가라는 사회적 변화와 '먹방'이라는 트렌드를 결합한 드라마로, 매회 맛있게 음식 먹는 장면이 나오는 바람에 드라마를 본 날이면 항상 배가 고팠다. 맛집 블로거로 나오는 남자 주인공은 종종 요리도 했는데 비교적 쉬운 건 따라 만들어 먹기도 했다.

드라마는 1인 가구의 라이프스타일을 현실적으로 재현함과 동시에 현대 사회를 사는 이들의 고독에 관해서도 다룬다. 주인공 수경은 이혼 후 식욕이 부쩍 왕성해졌다. 상사에게 싫은 소리를 들은 날에는 사무실 서랍에 쟁여 둔 초코바를 으드득 씹으며 스트레스를 날리고, 음식을 마치 사랑하는 이의 몸을 탐하듯 애틋하게, 의식을 치르듯 경건하게 먹는다. 까칠한 경계심으로 자신을 보호하지만 "같이 맛있는 거 먹자"라는 제안에는 속절없이 무장 해제되곤 한다. 어쩌면 수경이 가진 허기와 식탐은 사람에 대한 상처, 자신을 지켜 주는 이가 아무도 없다는 걸 확인하게 될 때의 고독, 미래에 대한 불안, 이런 감정들을 견디느라 에너지를 많이 쏟아 생긴 마음의 허기일지도 모를 일이다.

그런 수경에게 친구가 생긴다. 수경이 사는 '황실오피스텔' 이웃들과 식사 공동체를 만든 것이다. 그러던 어느 날 수경의 오해로 관계가 틀어져서 공동체가 (잠시) 깨지고, 수경은 다시 집에서 홀로 김밥을 먹게 된다. 그런 자신을 물끄러미 바라보는 반려견에게 조용히 묻는다. "삶은 왜 혼자 먹는 저녁밥 같을까?"

다행히 오해는 맛있는 것을 함께 먹으며 곧 풀린다. 아마 밥을 같이 먹어 온 시간이 없었다면 쉽게 풀리지 않았을지도 모르겠다. 상처, 외로움, 불안이라는 마음의 허기는 관계라는 풍성한 만찬을 통해 해결할 수 있는 법이다.

울어도 소용없을 땐
어린아이도 울지 않는다.
(……)
아이는 자기편이
있을 때만 운다.

박연선
『청춘시대』
JTBC, 2016

002

대학교 1학년 때 동아리에서 만난 다른 과 친구와 함께 자취를 시작했다. 친구가 살던 학교 근처 허름한 한옥 주택의 방 한 칸이 우리의 첫 아지트였다. 이후 친구와 나는 가세를 늘려 비록 반지하이지만 원룸으로 이사를 가기도 하고, 전망 좋은 옥탑방에서 살기도 했다. 그때마다 식구도 늘었다. 갑자기 살 곳을 잃은 후배와 몇 개월을 같이 살기도 하고, 자주 드나들던 이웃 친구가 아예 우리 집에서 먹고 자기도 했다. 학교와 멀지 않은 곳이어서 좁은 원룸은 같은 동아리 친구들(서로를 자매라고 불렀던)의 쉼터처럼 쓰이기도 했고, 시험이 끝나는 날이면 흥겨운 파티 공간이 되기도 했다.

동거인인 친구와는 성격·취향·라이프스타일 등 모든 게 달랐지만 4년 내내 룸메이트로 지냈고, 대체로 사이가 좋았다. 사소한 일로 다퉈도 냉전이 오래가지 않았다. 둘 중 한 명이 용기 내어 "치킨 시켜 먹을까?" 물으면, 다른 한 명이 대답했다. "반반?"

『청춘시대』의 셰어하우스 '벨에포크'(아름다운 시절을 뜻하는 프랑스어)에 모여 사는 '하메'(하우스메이트)들을 보면, 그 시절 함께 뒹굴며 웃고, 울고, 싸우고, 화해하기를 반복한 우리의 청춘이 생각나곤 했다. 뭐 하나 불안하지 않은 게 없었지만, 그 작은 집에는 늘 내 편이 있었기에 나는 뭐든 할 수 있었다. 그때가 아마 우리들의 벨 에포크 아니었을까?

『청춘시대』 속 하메들이 부러워서인지, 내 이십 대의 '자매들의 공동체'가 그리워서인지 한동안 내 장래 희망은 벨에포크 주인 할머니처럼 무심하고도 따뜻하게 편들어 주는 하숙집 할머니가 되는 것이었다. 지금은 집 살 돈이 없어 포기 상태지만, 언젠가 그 꿈을 이룰 날이 올까?

교재 중인 분 있으십니까?
아, 가장 먼저 이 질문이
선행됐어야 했죠?
연애 대상에 남성이 포함돼
있습니까?

박시현
『런 온』
JTBC, 2020

사회생활 경험치를 쌓으며 평화롭게 지내기 위한 몇 가지 원칙이 생겼다. 자연스럽게 알게 될 때까지는 서로의 나이를 묻지 않을 것. 상대가 나보다 어려 보이거나 경력이 짧아 보여도 무조건 존대하며 평등한 관계를 유지하려고 노력할 것. 상대의 연애 및 혼인 여부·성적 지향·성별 정체성을 궁금해하지 않을 것.

부끄러운 고백을 하자면, 몇 년 전까지만 해도 성별은 남성과 여성, 두 가지만 존재하며 이성애만이 올바른 사랑의 방식이라는 신념을 가지고 살았다. 그런 신념이 깨진 것은 다양한 성적 지향과 성별 정체성을 가진 이들을 만나고부터이다. 그들을 통해 내 신념이 얼마나 편협하고 폭력적이었는지 비로소 알게 되었다.

다행히 우리 사회에도 아직 충분치는 않지만, 다양한 사회 구성원을 이해하고 존중하려는 흐름이 서서히 두텁게 형성되고 있는 듯하다. 다양한 존재 방식과 다양한 사랑의 형태를 고려하는 게 기본 상식이 되고 있는 것이다.

『런 온』에서도 마찬가지다. 여주인공 오미주의 선배이자 동거인 박매이는 '무성애자'다. 한국 드라마에 무성애자라고 명명된 캐릭터가 등장한 것도 특별한데 드라마는 한발 더 나아가 '무로맨틱 무성애자'와 '유로맨틱 무성애자'를 분류하는 등 성소수자의 다양한 결을 섬세하게 표현한다. 또한 서로를 향한 '존중의 거리'를 유지하려고 노력하는 캐릭터를 등장시킨다. 박매이에게 한눈에 반한 남성, 정지현은 박매이에게 이렇게 묻는다. "교재 중인 분 있으십니까? 아, 가장 먼저 이 질문이 선행됐어야 했죠? 연애 대상에 남성이 포함돼 있습니까?"

지구상에 이성애만 존재하는 것처럼 보여 주던 한국 드라마가 유의미하게 변화하고 있음을 명확하게 보여 준 장면이었다.

수저 계급론엔 정신이 없다.
내가 부모로부터 받았던
정서적 안정감·정직·순수함,
이런 가치가 없다.
부모가 받는 고통을 보면서
다짐했던 성취동기도 없다.

하명희
『청춘기록』
tvN, 2020

"네가 조금 더 부잣집에서 태어났어야 하는데. 별로 해 준 게 없어서 미안해."

언젠가 엄마가 한 말이다. 그 말을 듣고 그런 말이 어디 있냐고, 나는 엄마와 아빠가 내 엄마와 아빠여서 좋다고 말하며 지그시 나를 보는 엄마의 얼굴을 어루만졌다.

몇 년 전 '수저 계급론'이 회자될 때 나는 무슨 수저일까 생각해 본 적이 있다. 길게 생각할 것도 없이 '흙수저'인 것 같았다. 부모님은 평생 빠듯하게 작은 가게를 운영하며 나와 동생을 키웠다. 어릴 때는 가게가 망해서 몇 년 동안 가족이 뿔뿔이 헤어져 살기도 했고, 아빠가 멀리 사우디아라비아로 날아가 돈을 벌기도 했다. 나는 꽤 오랫동안 우리 집이 가난하다고 생각하며 살았다.

그렇다고 마음마저 가난하지는 않았다. 부모님은 배운 것 없고 가난해서 자식들을 제대로 뒷받침하지 못해 속상하다고 했지만, 땀 흘려 노동하는 부모님의 성실함은 그 어느 지식보다 내게 든든한 뒷받침이 되었다. 그런 그들의 성실함이 자식을 사랑하는 마음에서 비롯되었다는 걸 모르지 않았다. 그래서 나는 사랑받고 자란 사람만이 가질 수 있는 강하고 밝은 내면을 선물 받았다고 생각한다. 나에게 부모님은 닮고 싶은 인생 선배이자 한편으로는 결코 도달하지 못할 것 같은 아득한 절망이기도 했지만, 그럼에도 도달하고 싶은 목표였다.

수저 계급론에 따르면 비록 흙수저일지도 모르겠지만 그것으로 내 부모님과 내 삶의 가치를 함부로 판단하고 싶지 않다. 『청춘기록』 사혜준의 독백처럼 부모님으로부터 물려받은 무형의 가치를 헤아리면 나는 남부러울 것 없는 부자다.

남자는 하늘이고
여자는 땅이라 치자.
하늘이 땅보다 더 위대하고
높고 훌륭하다는
그런 차이가 어디 있어?!

김수현
『사랑이 뭐길래』
MBC, 1991

한동안 SNS를 중심으로 『사랑이 뭐길래』의 한 장면, 대발이 엄마의 대사 '짤'이 회자된 적이 있다. 가부장 세계관에 익숙한 아들 대발이를 한심하게 여기며 남자와 여자는 동등한 인간이라고 참교육하는 장면은 다시 봐도 명장면이고, 30년이 지나도 유효한 내용이다. 『사랑이 뭐길래』라는 드라마를 모르는 세대에게 '1990년대에도 페미니즘 드라마가 있었어?'라는 신선한 충격을 안겨 준 이 드라마를 본방사수했던 나는 어쩐지 자부심이 차올랐다.

1990년대는 문화적 다양성이 꽃피기 시작한 시대였다. 그 시절의 패션과 음악 등이 최근 다시 유행할 정도로 그때의 문화는 '힙하다'는 느낌 그 자체였다. 그런 시대의 분위기에 맞춰 드라마도 점점 다양해졌다. 특히 남성 가부장 중심의 전통 관습을 비판적으로 다루는 드라마들이 등장했다. 대표적인 예가 『사랑이 뭐길래』다. 이 드라마는 당시 보편화한 통속극의 형식을 띠고 있지만, 전통 관습에 익숙한 대발이네 가족과 민주적이고 평등한 지은이네 가족을 대비시켜 변화하는 시대상을 적극 반영했다. 당시 시청자들에게 지은이네 가족은 아직 오지 않은 '미래'에 가까웠다.

비슷한 시기의 다른 드라마 『아들과 딸』도 마찬가지다. 아들이 귀한 집의 장남인 귀남이와 이란성 쌍둥이 누나인 후남이의 삶을 대비시켜 당시 팽배했던 남아선호사상을 비판적으로 다뤘다. 언론은 이 드라마를 "남녀평등과 여성의 권리 신장에 중점을 둔 페미니즘 드라마"라고 평가했다. 드라마가 방영되었던 1992년은 남아선호사상에 따라 여아를 '낙태'하던 관습이 팽배했던 때다. 특히 1990년에는 "백말띠 여자는 팔자가 드세다"라는 말이 번지며 수많은 여아가 태어나지도 못한 채 사라져, 역대 최악의 성비를 기록했다. 이런 사회적 배경을 돌이켜 보면, 이런 드라마는 시대가 잉태한 것이 아닐까 하는 생각을 하게 된다.

드라마를 본다는 건 사실 참
의미 있는 시간이라고 생각해요.
중요한 건 드라마를 통해 답을
제시하는 게 아니라 인간을
의문 속으로 빨려 들어가게
하는 거죠.

안판석
웹 매거진 『아이즈』 인터뷰
'『밀회』 안판석 감독 "중요한 건
인간을 의문 속으로 빨려 들어가게
하는 것"'(2014.6.5)에서

드라마에 관한 글을 쓰고 가끔 강의도 하게 되면서 나를 어떻게 소개해야 할지 고민했다. 평론가라 하기에는 부족하고 시청자라 하기에는 섭섭하니까. 그러다 문득 드라마 세계를 서성이며 관찰하는 '드라마 관찰자'라는 말이 떠올랐고, 남들이 책을 읽듯 나는 '드라마를 읽는 사람'이라는 생각을 하게 되었다. 드라마는 내게 심리학책이기도 하고, 사회과학책이기도 하다. 소싯적 밤새워 읽었던 만화책 같기도 하고, 흥미로운 역사 소설이 되었다가 감각적인 에세이가 되기도 한다.

아직 드라마가 지겨워진 적은 없다. 물론 눈이 감길 정도로 피곤한 날에는 '뭐 때문에 이렇게까지 봐야 하지?' 싶은 마음이 들기도 한다. (아무리 재미있는 일이라도 꾸준히 하려면 재미만큼 짙은 의미가 필요한 법이다.) 그런 마음이 들 때면 2014년 『밀회』로 백상예술대상을 수상한 후 어느 인터뷰에서 안판석 피디가 한 말을 생각한다. 그는 인생을 시지프스 신화에 비유했다. 시지프스가 바윗덩이를 산 정상으로 굴려 올리면 떨어지고, 또 굴려 올리면 또 떨어지는데, 안 되는 줄 알지만 끝까지 해 보겠다고 하는 데 진정한 인간성이 있다고. 우리 모두 각자의 자리에서 누군가는 기사로, 누군가는 밀가루 반죽으로 안 되는 일을 하고 있는데, 그래도 끝까지 하는 게 인간성이고, 자신은 드라마로 그 일을 하고 있다고.

그 말이 내게 드라마를 계속 봐도 좋을, 아니 계속 봐야 하는 동기가 되었다. 어떤 이는 드라마를 책이나 영화보다 가볍게 여기거나 드라마가 가진 다소 보수적인 지향성 때문에 답답하게 여기기도 한다. 하지만 나는 여전히 드라마의 쓸모에 관해 고민한다. 무수한 한계 속에서도 "인간을 의문 속으로 빨려 들어가게" 하며 인간과 사회를 입체적으로 보게 하는 텍스트로 드라마만 한 게 없다고 생각하기 때문이다.

어제 괜찮았다고 오늘도
괜찮을 거란 보장은 없죠.

한상운
『해피니스』
tvN, 2021

며칠째 컨디션이 안 좋다던 동거인이 혹시나 하는 마음에 자가검진키트로 검사를 했다. 두 줄이 보이는 순간, 심장이 쿵 하고 내려앉았다. 출근 준비를 하던 나의 시간도 덩달아 멈췄다. 급하게 보건소에 가서 PCR검사를 한 결과 동거인도 나도 '양성'이었다. 언젠가는 걸리겠지 짐작은 했지만, 막상 걸리고 나니 당황스러워 몸도 마음도 멍해졌다.

코로나19 종식을 기다리던 우리 염원과 상관없이, 이 정체 모를 바이러스는 여전히 우리 곁에 있다. 많은 것이 변한 우리의 일상 또한 여전하다. "어제 괜찮았다고 오늘도 괜찮을 거란 보장은 없"다는 『해피니스』 속 한태석 중령의 말처럼, 우리는 이제 코로나19 이전으로 돌아갈 수 없다.

『해피니스』는 코로나 시대의 문제의식을 반영한 드라마다. 거대한 팬데믹을 겪고 이제 막 일상을 회복할 무렵의 세상, 갑자기 죽을 것 같은 갈증을 느끼며 사람을 물어뜯는 이들이 나타난다. '광인병'이라는 전염병에 감염된 이들로, 이 병은 폐렴 치료제로 개발되었다가 부작용이 심해서 사용 금지 처분을 받은 약물을 누군가가 불법 유통하며 확산되었다. 인간의 탐욕에서 비롯된 재난이라는 점에서 우리가 현실에서 경험하는 재난과 닮았다.

이 드라마가 특이한 점은 사회적 욕망의 집약체인 아파트라는 공간을 통해 재난에 직면한 인간 사회의 모순을 보여 준다는 점이다. 드라마는 이기적인 인간들을 한데 모아 놓고 '바이러스보다 인간이 더 무섭다'는 이야기를 하는 것도 같다. 그러나 결국 인간의 욕망과 이기심으로 인한 재앙을 극복하고 치유할 역량 또한 인류애를 가진 인간에게서 나온다는 이야기를 한다.

코로나로 무너진 우리 일상은 이제 이전으로 돌아갈 수 없고 잃은 것도 많다. 그럼에도 절대 잃지 말아야 할 하나의 가치가 있다면, 그건 인류애 아닐까?

엄마, 한 번만 더 유괴해 주세요.

정서경
『마더』
tvN, 2018

모성애는 당연한 걸까? 오랜 시간 많은 여성을 딜레마에 빠지게 한 질문이다. 모성애는 혈연 중심 가족 체제의 필요에 따라 '발명'된 것일 뿐 당연하지 않다. 좋은 엄마와 나쁜 엄마를 구분하는 사회적으로 합의된 기준이 있는 것도 아니다.

『마더』에는 여러 엄마가 나온다. 수진의 친모는 가정폭력에 시달리다가 남편을 살해하고, 딸만은 살리려고 수진을 보육원에 버린다. 그런 수진을 배우 차영신이 입양하여 키운다. 차영신의 세 딸은 어머니와 아버지가 모두 다르다. 어른이 된 첫째 수진은 자신이 사는 동네에 버려진 아이 혜나를 살리려고 자기 삶의 여러 기회를 포기하면서까지 위험을 무릅쓰고 혜나의 엄마가 되기로 한다. 반대로 혜나를 낳은 엄마 자영은 동거인에게 버림받을게 두려워서 동거인이 혜나를 학대하는 걸 알면서도 방치하다가 끝내 아이를 쓰레기봉투에 싸서 유기한다. 여기서 좋은 엄마는 누구고 나쁜 엄마는 누구일까?

드라마는 여기서 한 걸음 더 나아가 아예 혈연을 '해체'한다. 드라마 속에서 얽히고설킨 여성들은 간혹 피를 나눈 관계이기도 하지만 대체로는 혈연의 한계를 뛰어넘는 관계다. 영신은 "낳지 않았다는 것도 까맣게 잊어버리고 있었"을 정도로 딸들을 사랑하며 혈연을 뛰어넘은 모성애를 보여 준다. 혜나는 자신을 낳은 엄마 자영을 버리고, 자신을 유괴한(구해 준) 수진을 엄마로 선택한다.

우리 사회는 혈연을 중요시하며 '핏줄이 당긴다'를 명제를 심심찮게 구현한다. 이 가운데서 『마더』가 아름답게 구현한 급진성은 '비혈연'을 뛰어넘어 '탈혈연' 혹은 '무혈연'을 지향하는 '포스트 가부장 사회'의 새로운 모델로 평가될 수 있지 않을까?

"우리가 무너지면
대한민국이 무너져."

"안 무너집니다."

이수연
『비밀의 숲』
tvN, 2017

'검찰 공화국'이라는 말이 있을 정도로 우리 사회 검찰의 존재감은 크다. 그래서일까? 한국 드라마에는 유난히 검찰이 많이 등장한다. 이들은 재벌·정치인과 어두운 뒷거래를 하고, 권력의 정점에 서려고 어떤 일도 서슴지 않는다.

『비밀의 숲』이 그린 검찰은 어떨까? 검찰의 스폰서였던 기업가 박무성의 살해 사건으로 시작하는 이 드라마는 후반부로 갈수록 '범인으로서의 검찰'에 주목한다. 검사들은 뒷돈을 받은 대가로 배당된 사건을 불의하게 처리하고, 재벌 총수는 자기 집안의 사위이자 차장검사였던 이창준을 청와대 수석자리로 끌어올린다. 이후로는 수석실을 제 집처럼 드나들며 해외 기업과 결탁해 방산 비리로 이권을 챙긴다. '성문일보'로 상징되는 언론은 그들만의 사적 관계망을 형성해 그 안에서 진실을 가리고 사실을 왜곡하며 권력에 협조한다. 이렇게 불의한 권력의 중심에 검찰이 있다. 그리고 그런 검찰은 철저히 남성 중심 사회다. 이창준이 검사장으로 승진했을 때 검사들이 각 방에서 뛰쳐나와 열을 맞춰 고개를 조아리던 장면은 조직 폭력배들이 새로운 보스에게 충성을 맹세하는 장면과 다를 바 없다.

이 남성 중심 '범죄자'들의 세상과 대립하는 인물은 검사 황시목과 경찰 한여진이다. 이 둘은 각자의 조직에서 '아웃사이더'라는 공통점이 있다. 황시목은 어릴 때 받은 뇌수술 후유증으로 감정 기능이 상실되어 검찰 조직에서는 물론이고 누구와도 사적으로나 감정적으로 얽히지 않는 사람이다. 한여진은 경찰서 강력계라는 남초 커뮤니티에서 극소수자인 여성이다. 즉 두 사람이 불의한 조직과 대립할 수 있었던 이유는 남성 중심의 '의리'와 연결고리가 없는 '내부자적 외부자'였기 때문일 것이다. 이런 내부자적 외부자의 시선과 소신이 있기에 권력이 아무리 썩어도 사회라는 시스템이 존재할 수 있다.

4대 보험 받으려고 제 자신은
어딘가에 접어 뒀었거든요.
자존심 · 자존감 · 자긍심 다요.

박재범
『김과장』
KBS2, 2017

한때 페이스북에서 거주지를 코펜하겐으로 설정했었다. 왜 코펜하겐이냐는 질문에는 이렇게 답했다. "세계에서 가장 행복한 나라 덴마크의 수도여서요." (지금은 순위가 바뀌었다.) 가상의 공간에서라도 세계에서 가장 행복한 나라의 거주민이고 싶었다. '김 과장' 김성룡도 덴마크로 이민을 가려고 열심히 돈을 모은 걸 보면 나만 그렇게 생각한 게 아니구나 싶어 반가웠다.

성실한 직장인으로 살아가는 일이 예전만큼 쉽지 않다. 많은 이가 노동의 수고를 감당하기보다 부동산과 주식에 몰두하게 된 것은 어찌 보면 당연하다. 성실하게 일하면 집 한 채 정도는 살 수 있었던 부모 세대와 달리, 신자유주의 체제의 자식들에게는 그 기회가 요원하다. 그래서 천부적인 감각과 재능을 지닌 능력자 김성룡은 다른 길을 택한다. 의롭기만 했던 아버지처럼 살지 않을 것이라 다짐하며 '삥땅'으로 크게 한몫 챙겨 덴마크로 이민 갈 계획을 세운 것이다. 그런데 그런 김 과장이 마지막으로 한탕 할 곳으로 택한 TQ 그룹이 하필 온갖 부정·부패의 집합체였고, 그곳에서 김 과장은 본래 의도와는 달리 불의와 싸우게 된다. 그는 야근을 반복하며 '열일'하지만 사실은 그 불의한 체제를 지탱해 온 희생양인 노동자들과 함께 본의 아니게 노동 운동가가 되어 간다. 그런 김 과장으로 인해 자아까지 어딘가에 빼놓고 무의미하게 출퇴근하던 이들도 각성하고 협력해 마침내 승리를 성취한다. 이게 노동 운동이 아니고 뭐란 말인가?

모두가 김성룡의 길을 걸을 수는 없을 것이다. 성실한 직장인으로 살든지, 건물주를 꿈꾸며 차곡차곡 금융 자산을 쌓아 가든지. 어떤 길을 선택하더라도 그 길이 자존심·자존감·자긍심 그리고 자기 자신까지 어딘가에 접어 둬야 하는 그런 길만은 아니길 바란다.

저는 회사에 속박된 노예가 될
생각이 없습니다.

윤난중
『직장의 신』
KBS2, 2013

"IMF 16년 후 기간제·비정규직·계약직이라는 새로운 인류가 나타났다." 『직장의 신』 첫 회를 여는 내레이션이다. 1997년 IMF(외환위기)와 2007년 미국 발 서브프라임 사태를 거치며 노동시장은 급격하게 나빠져 노동자들에게는 정규직 외 기간제·비정규직·계약직이라는 새로운 신분이 생겼다. 그런 세상에서 '미스 김'은 업무 능력을 최대치로 높여 '슈퍼갑 계약직'이 된다.

과연 미스 김은 신자유주의 시대에 최적화된 '발전'된 개인이며 모범 사례일까? 오히려 체제의 피해자 아닐까? 2007년 비정규직보호법 관련 시위 때 미스 김은 소중한 동료를 잃는다. 미스 김뿐 아니라 무정한과 장규직도 그 사건으로 인한 상처를 안고 살아가는 피해자다. 즉 발전된 개인으로서 대안적 삶을 제시하는 게 아니라 노동하는 기계를 원하는 신자유주의 시대의 상처를 고스란히 보여 주는 역할들인 것이다.

그러므로 슈퍼갑 계약직 미스 김은 대안도, 미래도 아니다. 오히려 3개월짜리 비정규직 정주리가 우리의 현실이고, 재계약을 위해 임신 사실을 숨겨야 하는 5년 차 비정규직 박봉희가 우리가 맞이할 미래에 가깝다. 우리의 생명 줄을 쥐고 있는 '와이장'이라는 회사로 대표되는 거대한 체제를 벗어나기란 현실적으로 어렵다. 미스 김처럼 조직을 거부하고, 구조를 비웃으며 살아가고 싶지만 그래도 되는 능력이 없다면 우리는 어떻게 살아가야 할까?

미스 김은 비겁해지지 않으려고 회사를 떠나고, 정주리는 "자신의 길을 가라"라는 충고에 재계약을 포기한다. 그런 용기가 없는 삶일지라도 와이장 마케팅 영업지원부 사람들은 능력보다는 상처에 주목하고, 실수보다는 가능성을 발견해 주는 관계를 형성하게 된다. 회사의 노예로 사는 대신 행복한 개인으로 사는 법을 알게 된 것이다. 뚜렷한 대안은 되지 못할지라도, 일단 그렇게 살기로 결심만 해도 숨통이 트이지 않을까?

긍정적 길치네.

신하은
『갯마을 차차차』
tvN, 2021

"와, 이 길 처음 왔는데 참 좋네요."

"저번에 왔던 길이잖아요."

지인과 이런 대화를 종종 나눌 정도로 심각한 길치다. 심지어 20년 넘게 살던 동네에서도 종종 길을 잃는다. 그러나 문제없다. 20년 넘게 다닌 길이나 오늘 처음 간 길이나 어차피 낯설기는 마찬가지니까. 여행하듯 새로운 마음으로 다니면 된다. 어차피 길은 통한다는 믿음이 있기에 길치는 모르는 길도 용감하게 걸을 수 있다. 지구는 둥글다는 과학적 근거는 길치에게 생각보다 유용하다.

『갯마을 차차차』의 인물들은 다들 한 번쯤 길을 잃어 본 사람들이다. 적당히 성공하고 정의로운 척하며 살고 싶었던 속물 치과의사 윤혜진은 길을 잃고 헤매다 어촌 마을 '공진'에서 개원을 한다. 실패라고는 모를 것 같이 살던 명문대 출신 홍두식은 뜻밖의 사건에 휘말리며 모든 것을 잃고 고향 공진에서 동네 해결사 노릇을 하며 살아간다. 다른 인물들도 마찬가지다. 고백할 타이밍을 놓쳐 사랑에 이르는 길을 잃어버린 이도 있고, 서운함과 오해가 쌓여 상대에게 이르는 길을 잃어버린 이도 있다. 동시에 이 드라마는 결국 길을 찾는 사람들에 관한 이야기라고도 볼 수 있다. 돌고 돌아 결국 자신이 잊고 산 것들을 찾고 행복해진다.

어쩌면 우리 모두 길치일지도 모른다. 길을 잘 찾는다고 자부하는 사람도 인생의 어느 시점에서는 가야 할 바를 알지 못해 삐끗하기도 하고, '이번 생은 처음이라' 선택하는 길마다 '이 길이 맞는지' 불안해한다. 그럴 때 가장 필요한 건 아마도 긍정적 길치의 마음 아닐까. 지구는 둥그니까 어차피 길은 통한다는 믿음 말이다. 그러니 길치에게는 길을 잃는다는 표현은 적절하지 않다. 그저 길을 찾는 과정일 뿐이다.

니 드라마가 끝나려면
아직도 멀었어. 그러니까 빨리 가지
않는다고 초조해하지 마.

박혜련
『드림하이』
KBS2, 2011

미성숙한 인간이 시행착오와 고난을 겪으며 차츰 성장해 가는 성장 드라마를 좋아한다. 그 성장 드라마에서 느리지만, 경쾌하게 제 속도를 유지하는 인물에 내 삶을 비춰 보곤 한다.

한동안 누군가에게 나를 소개할 때 '비규격 잉여'라는 표현을 쓰곤 했다. 어느 순간부터 내 삶의 속도가 사회가 정한 규격에 맞지 않는다고 생각했기 때문이다. 사회는 대학 졸업 후 번듯한 직장을 다니며 결혼 적령기를 넘기지 않고 가정을 꾸리고 자녀도 낳는 삶을 표준이라 여기도록 했고, 그렇게 구성된 가족을 '정상가족'이라 불러왔다. 사회가 요구하는 그런 성취를 하지 못한 나는 마치 숙제도 하지 않고 놀다가 밤을 맞이한 아이처럼 때때로 불안하고 불편했다. 그러다가 괜한 오기가 생겨 '비규격'이라는 말을 내 삶에 가져왔다. 규격화되기를 거부하는 자율성과 주체성을 담은 말이라는 그럴 듯한 의미 부여와 함께. 그렇게 생각하기 시작하니 삶을 대하는 마음에 힘이 생겼다.

좋아하는 노래 양양의 「이 정도」에 이런 가사가 있다. "세상이 나에게 왜 그리 느리냐고 하면 하늘을 올려다보느라 그랬다 하겠어. 그대가 나에게 왜 그리 더디냐고 하면 나무 아래 쉬었다 가느라 그랬다 하겠어. 세상이 나에게 더 빨리 오라고 하면 나는 구름 따라 흘러가겠다고 하겠어. 그대가 나에게 더 빨리 오라고 하면 웃음이나 한 번 더 나누자 할래."

세상 모든 사람이 같은 속도로 달음질한다면 얼마나 숨이 막힐까. 느리더라도, 각자의 속도로, 넓게 보며 가는 사람이 더 많아져야 세상이 덜 심심할 것 같다. 세상에 존재하는 모든 비규격인 삶을 응원한다.

암세포들도 어쨌든 생명이에요.

임성한
『오로라 공주』
MBC, 2013

014

드라마 속 질환은 사회의 변화를 반영한다. 암 발병률이 늘어나던 시기에는 암에 걸려 죽거나 투병하는 내용을 담은 드라마가 급증했다. 그 이후 『풍선껌』『디어 마이 프렌즈』『하나뿐인 내 편』과 같은 드라마에는 알츠하이머에 걸린 중장년이 등장했다. 그만큼 우리 사회에 알츠하이머 환자가 늘어난 것이다. 물론 기억상실증처럼 세대를 넘어 꾸준히 자주 등장하는 질환도 있다.

그런가 하면 사회적 편견을 깨는 역할도 한다. 조현병을 가진 인물이 전면에 등장해 정신 질환이 현대인의 흔한 질병임을 자연스레 보여 주기도 한다. 『괜찮아, 사랑이야』『라이프』『멜로가 체질』 등이 대표적이다. 그런가 하면 『사이코지만 괜찮아』에서는 '자폐 스펙트럼'이라는 개념이 등장하는데, 단편적으로 자폐성 장애를 다루던 한계를 벗어난 모습을 보여 주었다.

의학적으로 밝혀진 것은 아니지만 극적 재미를 위해 작가가 창조한 질병들도 있다. 『피노키오』의 최인하는 거짓말을 하면 딸꾹질이 나오는 '피터팬 증후군'을 앓는다. 『마성의 기쁨』의 공마성에게는 사고 이후 뇌에 문제가 생겨 자고 일어나면 기억이 사라지는 '신데렐라 기억 장애'라는 병이 생긴다. 어떤 특징이나 증상이 드라마에 활용되기도 한다. 『힘 쎈 여자 도봉순』의 도봉순은 괴력을 가져서 슬픈 여성이고, 『뷰티 인사이드』에는 한 달에 한 번 특정 주기로 얼굴이 바뀌는 한세계와 안면인식 장애를 가진 서도재가 나온다. 『킬미, 힐미』의 차도현은 일곱 개의 인격을 가진 다중인격자다.

드라마 속 질환은 현실을 있는 그대로 보여 주기도 하고, 극적 재미로 활용되기도 한다. 물론 그 과정에서 사회적 편견을 드러내기도 하지만 드라마 속에서든 드라마 밖에서든 각종 질환과 함께 살 수밖에 없는 우리의 고민을 이끌어 내는 측면도 있다.

인간이든 사회든 적당히는 아파야
성숙해지는 법이다.
남의 고통 헤아리는 거,
그게 사람 사는 세상의 기본이지.

강은선·김선희
『신의 퀴즈: 리부트』
OCN, 2018

지인의 남편, L이 대장암 수술을 받았을 때다. 아빠도 L과 비슷한 나이에 직장암 투병을 했기에 걱정이 되어 부모님께 그 이야기를 했다. 얼마 뒤 아빠가 낚시를 다녀왔다며 항암 치료하는 사람에게 생선이 좋으니 가져다주라고 연락을 해 왔다. 그 후에도 아빠는 몇 번이나 L에게 주라며 생선을 전했다.

코로나19에 감염되었을 때 소식을 들은 지인들이 보양식이나 영양제를 챙겨 보내 주었다. 다정한 지인들 덕분에 아픈 것 빼고는 다 좋은 격리 생활을 했다. 앓고 난 후에는 나도 자연스레 코로나에 걸린 지인들의 먹거리를 챙겼다. 아파 봤기에 남의 고통을 헤아릴 수 있게 된 것이다.

『신의 퀴즈: 리부트』에서 의사 한진우는 아버지의 친구 장규태에게 묻는다. "인체를 완벽하게 정복하는 날이 온다면, 인간의 육체적 고통은 다 사라지게 될까요?" 그 물음에 장규태는 "고통은 사라지겠지만 남의 고통을 헤아리는 게 사라진다면 세상은 더 나아지지 않을 것"이라고 말한다. 남을 도우려면 아파 봐야 한다는 법이 있는 것도 아니고, 아파 본 사람만이 남의 고통을 헤아릴 줄 아는 것도 아니다. 그러나 그런 이들이 타인의 고통을 더 예리하게 포착하여 적절한 도움을 줄 확률이 높은 건 사실이다. 그러므로 우리에게 필요한 건 고통을 없애는 기술이 아니라, 남의 고통을 헤아리고 서로를 돕는 사회적 감각이다.

얼굴도 모르는 이의 고통에 공감하며 생선을 나누는 일뿐 아니라 고통당하는 이들의 소식을 무심히 넘기지 않고 뭐라도 해서 도우려는 공적 활동이 모두 사회적 감각에서 비롯되는 것일 테다. 나는 이런 이들의 공동체를 '아파 본 사람들의 연대'로 이름 짓고 싶다. 살다 보면 누군가의 도움이 절실히 필요할 때도 있지만, 누군가에게 필요한 사람이 될 기회도 많다. 그럴 기회가 온다면 마다하지 않는 사람이고 싶다.

의사가 환자에게 확실하게
할 수 있는 말은 딱 하나예요.
최선을 다하겠습니다.
그 말 하나밖에 없어요.

이우정
『슬기로운 의사생활』
tvN, 2020

우리 동네 내과 원장님은 내원한 환자가 자신의 상태를 제대로 말하도록 상대의 이야기를 최대한 듣는다. 진단을 내릴 때도 신중하다. 아무리 아프다고 해도 이리저리 살펴본 후 "그 정도로는 진단을 내리기 경미하고 이른 상태이니 두고 보자"라고만 할 뿐 별다른 처방을 내리지 않고 돌려보낼 때가 많다. 그런 날이면 병원비도 받지 않는다. 아픈 사람 입장에서는 허무하고 섭섭할 일이다. 내 딴에는 며칠을 끙끙 앓다가 간 건데 별것이 아니라니.

어떤 날은 괜히 약이 올라 "그럼 이 증상은요?" "오늘 아침에는 이렇기도 했는데……"라며 온갖 증상을 끄집어내며 최대한 반항도 해 보았다. 그러면 선생님은 아무 감정을 섞지 않은 건조한 말투로 그것이 왜 걱정할 증상이 아닌지 예를 들어 찬찬히 설명하며 나의 의심과 불안을 물리쳐 주곤 했다. 그렇게 치열하게 대화하는 과정을 거치면 이상하게도 안심이 되었다. 내가 처방도 제대로 안 해 주는 동네 내과 원장님을 꾸준히 찾아가고, 그의 넘치는 설명에 안심했던 또 하나의 이유는 그가 항상 내가 이해할 수 있는 쉬운 언어로 말을 했기 때문이다.

『슬기로운 의사 생활』에는 의사들이 환자와 그 가족에게 병의 원인과 현재 상태와 치료 과정을 설명하는 장면이 자주 등장한다. 아파 본 사람들은 안다. 그렇게 설명해 주는 의사가 흔하지 않다는 걸. 그래서였을까? 마치 내가 환자 가족인 양, 전문 의학 용어를 이해할 수 있도록 최대한 쉽게 풀어 차근차근 설명하는 그 건조한 장면들이 고맙게 여겨졌다. 큰 수술을 해야 한다는 걸 알게 된 환자와 가족이 그 순간에는 휘청거리지만, 치료 과정을 듣고 "최선을 다하겠다"라는 의사의 말을 들으면 대체로 빠르게 안정을 되찾았다. 치료 후 고통스러운 시간이 언제 끝날지 몰라 절망할 때 그 말들은 길고 어두운 터널의 출구를 보여 주는 빛이다.

앞으로도 이 여인은
시대와 불화할 듯하다.
허나 이 여인은 시대에 물을 것이다.
사람을 살리는 일인데
왜 안 되냐고.

김영현
『대장금』
MBC, 2003

'조선왕조 500년' 시리즈처럼 역사를 비교적 충실하게 재현한 사극도 좋아하지만, '재현'을 넘어선 '재해석'에 방점을 찍고 과감한 상상력을 동원해 동시대적 가치관과 지향을 드러내는 사극도 좋아한다. 재해석과 상상력의 관점에서 『대장금』은 중요한 작품이다.

『대장금』은 『조선왕조실록』 중 「중종실록」에 남아 있는 의녀 장금의 기록에 작가의 상상력을 더한 이야기다. 부모를 잃고 수라간 궁녀가 된 서장금은 곤경에 휘말려 의녀가 되었다가 갖은 역경을 딛고 수라간 최고 상궁에 올라 어머니와 스승의 한을 푼다. 이후엔 다시 의녀로 의술을 펼치다가, 마침내 여성으로는 처음으로 왕의 주치의가 되어 대장금의 호칭을 받는다.

『대장금』 하면 뭐니 뭐니 해도 생각시 시절의 어린 장금이 고기에서 홍시 맛이 난다며 또박또박 답하는 장면이 명장면으로 꼽힌다. 그만큼 주관이 뚜렷했는데, 그런 장금을 스승 한상궁은 훗날 이렇게 평가한다. "모두가 그만두는 때에 눈을 동그랗게 뜨고 다시 시작"하는, "얼음 속에 던져져 있어도 꽃을 피우는 꽃씨"라고. 정말 그랬다. 장금은 운명에 순응하는 수동적 여성의 전형성을 넘어 "눈을 동그랗게 뜨고" 시대와 불화하길 주저하지 않으며 자신에게 주어진 운명을 극복하고 성장하는 주체적 여성으로 현대에 재해석되었다.

『대장금』의 등장은 꽃씨가 멀리 퍼져 꽃밭을 만들 듯, 왕실 중심의 남성 서사가 주류를 이루던 사극에서 새로운 지평을 열어젖힌 계기가 되었다. 이전까지의 사극에서 마땅히 중심인물을 차지했던 왕은 장금이 만든 음식을 맛본 후 "음, 맛있구나" 하고 평가할 때만 존재감을 드러낼 뿐, 드라마는 오롯이 장금의 성장과 성공에 집중한다. 그렇기에 『대장금』은 조선왕조를 다루더라도 누구의 관점에서 다루느냐에 따라 전혀 다른 이야기가 가능함을 보여 준 본보기로서 가치가 있다.

"요리사님, 주방에서 일도 하고
사랑도 하고. 두 마리 토끼 다
잡고 싶어?"

"그 토끼가 두 마리가 아니지.
그냥 일하는 토끼가 사랑도 하는 거,
그런 거 아닌가?"

서숙향
『파스타』
MBC, 2010

오랫동안 드라마 속 여성은 잠재적 연애 대상 그 이상도 이하도 아닌 인물로 표현되었다. 여자 주인공에게 닥친 시련조차 나만 사랑해 주는 멋진 '왕자'의 사랑을 얻기 위한 과정에 불과했다. 시대가 변해, 외로워도 슬퍼도 울지 않던 가난한 '캔디'형 여자 주인공 중 일부는 의사나 변호사 같은 전문직으로 신분 상승을 했지만, 그마저도 일하다 남자 주인공과 눈 맞는 서사의 땔감으로 사용될 뿐 직업적 정체성을 가진 존재로 표현되지는 않았다. 즉 여성에게 일과 사랑은 양립할 수 있는 것이 아니었고, 드라마는 욕망하는 여성보다 사랑에 빠진 여성을 선호했다. 이런 선호는 여성이 가진 다양한 본능을 부정적인 것으로 인식하게 만들었다.

『파스타』 속 서유경은 그렇게 왜곡된 전형적인 여성 캐릭터와 차별된다. 이탈리안 레스토랑 '라스페라'의 최현욱 셰프는 "내 주방에 여자는 없다"라고 선언할 정도로 '마초'이며 가부장적 사고를 가진 인물이고, 그가 지휘하는 주방은 힘의 논리가 앞서는 정글과도 같다. 서유경은 이런 세계에서 살아남으려고 기꺼이 뻔뻔하고 비굴해지기를 선택한다. 생계를 위해 납작 엎드리고, 출세를 위해 불의한 강자와 타협하고, 자신을 좋아하게 된 최현욱을 적절하게 이용하기도 한다. 순전히 약자인 것 같다가도 어느 순간에는 강자의 앞잡이가 된다. 즉 그간 로맨틱 코미디 속에서 반복 재생된 여성 캐릭터를 전복하며 새로운 여성상을 보여 준 것이다.

이런 서유경의 모습은 잠재적 연애 대상으로만 존재하던 여성 캐릭터에 입체적인 생명력을 부여했다. 여성이 일도 하고 사랑도 하는 것은 '두 마리 토끼를 다 잡겠다'는 욕심이 아니라, 일하는 토끼가 사랑도 하고, 자신의 이익과 욕망을 위해 기꺼이 유리한 선택을 하며 분투하는 존재라는 당연한 사실을 증명했다.

"지금 바다는 어때요?"

"바다 위로 석양이 지고 있어요.
석양 때문에 하늘도 바다도 다
황금빛이에요. 바다가 꼭 미소 짓고
있는 거 같아요."

이남규·김수진
『눈이 부시게』
JTBC, 2019

우리 사회는 유난히 늙음을 혐오한다. 늙어 가는 몸을 받아들일 틈도 없이 안티에이징 제품을 권하기에 바쁘고, 늙음을 불쌍히 여길 만한 이유와 조롱해도 되는 근거를 찾기에도 바쁘다. 늙음뿐일까. 질병과 장애를 향한 시선도 마찬가지다. 효율과 쓸모를 중요시하는 사회에서 늙음·질병·장애는 실패로 여겨진다.

드라마에서도 그렇다. 노인은 꼰대 아니면 사회적 쓸모가 없는 존재로 다뤄지고, 질병은 극적 전개를 위해 도구화된다. 장애인은 아예 등장하지 않거나 불쌍한 존재로 타자화된다.

『눈이 부시게』는 그런 드라마와는 다른 길을 걷는다. 알츠하이머 환자인 70대 노인 김혜자를 중심으로 노년의 삶·질병·장애를 당사자의 관점으로 보여 준다. 우연한 계기로 시간여행을 하던 젊은 김혜자는 자기 몸이 70대로 변한 사실을 감지한다. 하지만 쉬이 절망하지는 않는다. 늙은 몸으로 무엇을 할 수 있고, 무엇을 하면 안 되는지 테스트하며 늙어 버린 몸을 순리로 받아들인다. 김혜자가 요양원 '홍보관'에서 만난 노인들도 하루가 다르게 늙어 가거나 장애를 가진 자기 몸을 슬퍼하지만, 저마다의 삶을 즐기기도 한다.

이 드라마에서 나는 김혜자와 그의 친구들로 구성된 '할벤저스'가 위기에 처한 청년 준하를 구한 후 버스에서 함께 석양을 바라보는 장면을 좋아한다. 느리고 연약하여 쓸모없게 여겨졌던 늙고 병든 몸을 가진 이들이 각자의 방식과 저마다의 용기로 준하를 구한 후 대화를 나눈다. 시각장애를 가진 '김 선생'이 김혜자의 설명을 통해 풍경을 '보면서' 감탄하고, 다른 노인들도 저마다의 생각에 잠긴다. 그리고 화면은 마치 그들의 인생에 경의를 표하듯 젊은 시절 사진을 오버랩해 보여 준다. 이제껏 어느 드라마가 늙음·질병·장애를 이렇게 애틋하고 사려 깊게 응시했던가!

살찌지도 않았는데 빼고, 토하고,
칼 대고. 예뻐지지 않으면 죽는
것처럼. 얼굴에 급 매기고 우리끼리
싸우고. 우리 진짜 왜 그래야 돼?

최수영
『내 아이디는 강남미인』
JTBC, 2018

몇 년 전 독하게 다이어트를 했다. 배고파서 울고, 이러는 내가 비참해서 울고. “여자는 살을 빼도 평생 관리해야 해”라는 말을 듣고 억울해하면서도 울면서 살을 뺐다. 그렇게 살을 빼고 들었던 ‘칭찬’들은 내 눈물의 분투를 어느 정도 보상해 주었다. 그러나 한편으로는 묘했다. “사실 그동안 네가 걱정됐어”라는 선량한 말을 들으며 ‘사회가 수긍하는 평균(?) 상태가 되어야 비로소 존재를 인정받을 수 있구나’ 하는 마음이 들었다. 살을 빼고 난 이후에야 첫 소개팅을 하게 되었으니, “이제 ‘여자’가 되었구나”라는 칭찬(?)도 틀린 말이 아니라는 생각이 들어 씁쓸하기도 했다.

신기하게도 나를 대하는 사람들의 태도 변화에 맞춰 나도 변했다. 행동에 자신감이 생겼고, 제법 ‘나이스한’ 사람이 되기 시작했다. 그렇다면 이후의 나는 외모에 대한 억압에서 자유로워졌을까?

요즘에도 거울을 보며 끊임없이 나를 확인한다. 그때는 젊기라도 했지, 이제는 나이도 많고 살까지 찐 내가 어떻게 보일지 신경이 쓰인다. 무인도에 혼자 사는 존재가 아니니, 타인의 시선과 세상의 기준이라는 보이지 않는 거울과 틀에 나를 욱여넣으며, 그 기준에 딱 들어맞지 않는 나를 은밀하게 혐오하기도 한다.

여성의 외모에 대한 부당한 시선은 여성 스스로가 자신을 혐오하게 만든다. 불행하게도 나는 살면서 내 몸을 사랑하는 법을 배우지 못했다. 오히려 끊임없이 미워하고 부끄러워했다. 그러나 나의 동료 여성들은 그러지 않길 바란다. 과한 다이어트에 일상을 낭비하는 대신 어떻게 하면 진짜 행복할지 생각하며 부당하고 무례한 시선에 맞서는 건강하고 당당한 마음의 근력을 키우자.

니가 이루고 싶은 게 있거든
체력을 먼저 길러라.
이기고 싶다면 네 고민을 충분히
견뎌 줄 몸을 먼저 만들어.

정윤정
『미생』
tvN, 2014

야근을 하고 돌아와도 드라마 한두 편은 보고 잘 수 있을 정도로 체력이 좋은 편이었다. 지구력도 나쁘지 않았다. 뭘 잘 해낼 자신은 없어도 쉽게 포기하지 않고 버틸 자신은 있었다.

그런 근자감(근거 없는 자신감)이 허물어진 건 불과 몇 년 전이다. 일상이 휘청거릴 정도의 사건을 겪으며 눈물과 불면의 밤을 보내다가 동네 필라테스 스튜디오에 회원 등록을 했다. 할 수 있는 운동이라곤 숨쉬기 운동이 전부였고, 타야 할 버스를 눈앞에 두고도 절대 뛰는 법이라곤 없던 내가 제 발로 걸어가 운동을 하다니. 지금 생각하면 놀랍지만, 그때는 그만큼 절박했다. 선생님의 지도에 따라 호흡하는 법과 근육 쓰는 법부터 차근차근 배웠다.

다른 운동도 그렇지만, 필라테스를 하면 왜 나는 돈과 시간을 들여 이렇게 고문을 당하고 있나 한심해지고, 내 몸은 왜 이렇게 생기다 말았으며, 내 조상님은 정말 거북이인 것인가 하며 혼란스러워하게 된다. 그래도 50분 정도 선생님이 알려 주는 동작을 버둥버둥 따라 하며 땀을 빼면 마음이 개운해지곤 했다. 몸을 쓰니 그때부터 불면증도 사라지고, 입맛도 다시 돌고, 체력도 회복되었다. 체력이 회복되니 내가 당면한 문제를 마주 볼 마음의 힘이 생겼다.

그제야 왜 많은 이들이 걷고 뛰는지 이해가 되었다. 체력이 좋을 때는 몰랐지만, 그걸 잃고 나니 체력이 내 인생의 전부는 아니어도 '절친' 정도는 된다고 생각하게 되었다.

"나중에 네발로 다니지 않고 두 발로 다니려면 지금부터 운동해야 해요"라던 필라테스 선생님 말처럼 내 일상을 충분히 견딜 수 있고, 마음과 몸의 직립보행이 가능하려면 체력을 먼저 기르는 것이 필수다.

널 중심으로 세상을 봐.
그럼 니가 주인공이니까.

송하영·인지혜
『어쩌다 발견한 하루』
MBC, 2019

022

"2등은 아무도 기억하지 않는다"라는 광고 카피가 나왔을 때 누군가는 "1등만 기억하는 더러운 세상"이라며 한탄했지만, 내게는 아무 타격감이 없었다. 어차피 2등도 내 몫이 아니었으니까.

나는 존재감이 없는 아이였다. 내향적이고 키도 작고 공부도 잘하지 않는 여자애가 누군가의 시야에 들기란 어렵다. 그렇기에 내 안에는 남들 눈에 띄는 중심보다는 덜 주목받는 구석에서 '꿔다 놓은 보릿자루'처럼 서 있는 주변인 정서가 습지 생물처럼 음습하게 살아 있다.

그래서일까. 『어쩌다 발견한 하루』의 '주인공' 은단오와 그의 친구 하루에게 마음이 쓰였다. 냉정하게 말하자면 이들은 주인공이 아니다. 스리고등학교 학생 은단오는 우연히 자신이 사는 세계가 사실 만화 속이고, 그 만화 속에서 은단오의 역할은 주인공도 부주인공도 아닌 엑스트라라는 사실을 알게 된다. 그리고는 잠시 절망하지만, 그런 운명에 굴복하지 않고 작가가 그리는 '스테이지' 외의 보이지 않는 시공간 '섀도'shadow 영역에서 자신의 운명을 바꾸려 고군분투한다. 그 과정에서 이름조차 부여받지 못한 또 다른 엑스트라 하루를 발견하여 우정을 나눈다. 어찌 보면 황당한 이야기인데, 주인공에만 집중하던 관습을 뛰어넘어 '누구의 시선으로 볼 것인가'라는 화두를 던졌다는 점에서 의미 있는 작품이다.

모두가 세상의 주인공이면 좋겠지만 그럴 수도 없거니와 그런 세상은 어쩐지 숨 막힌다. 무엇보다 그럴 필요가 없다. 우리는 모두 내 인생이라는 작품에서 주인공이니까. 승자 독식 경쟁사회에서 2등은 아무도 기억하지 않는다는 두려움에 자신을 멸시하거나 타인을 무시하려는 비뚤어진 주인공들에게 은단오라는 건강한 자아를 가진 친구를 소개해 주고 싶다.

너 좋아해.
네가 남자건 외계인이건
이제 상관 안 해.

이선미·장현주
『커피프린스 1호점』
MBC, 2007

여중·여고 시절, 중성적인 매력을 지닌 여자애를 좋아해 본 적이 있다고 이야기하는 이들이 있다. 그래서일까? 남장한 여자와 남자 주인공이 투닥거리다가 사랑에 빠지는 이야기는 드라마의 단골 소재 중 하나이며 흥행 보증 수표다.

시청자도 알고 여자 주인공도 알지만 남자 주인공만 진실을 모르는 상황이 주는 묘한 긴장감, 그럼에도 본능적으로 이끌리는 감정의 변화, 사실은 이성애지만 보는 사람에 따라 '동성애'를 상상하며 보게 되는 다양성 등 '남장 여자 로맨스'에는 흥미로운 면이 많다. 나아가 사회가 금기시하는 동성애와 이성애 사이의 적절한 타협점으로 기능하는 면도 있다.

그중 『커피프린스 1호점』은 여타의 드라마와 다른 길을 걷는다. 여타의 드라마는 남자 주인공이 동성을 좋아하는 자신에 당혹해하며 정체성의 혼란을 느낄 때쯤 진실이 밝혀지고, 이후로는 마음을 놓고 '안전한' 연애를 하는 식이었지만, 이 드라마에서 한결은 '위험한' 사랑을 하기로 결심하고 고백을 감행한다. "네가 남자건 외계인이건 이제 상관 안 해"라는 대사는 이전에도 없었고, 앞으로도 흔치 않을 특별한 고백이다.

남장 여자 서사는 사회에 만연한 여성을 향한 편견과 억압에 문제를 제기하는 장치가 되기도 한다. 드라마 속 여성은 여성이라서 차별받을 때, 위험한 상황을 반전시키고자, 성별 이분법에 자신을 가두지 않고 능력을 인정받으려고 남장을 한다. 고은찬도 그랬다. 일자리를 찾으려고 남장을 했다. 그리고 자신이 여성이라는 사실이 밝혀지고 사랑이 이루어진 후에도 주체성을 잃지 않았다. 한결과의 교제를 시작한 후에도 꿈을 포기하지 않고 유학을 감행한다. 한결은 그런 고은찬을 동료로서 지지하며 '위험한' 사랑을 넘어 '성숙한' 사랑으로 발전시켜 간다.

저요, 동성애자예요.

김수현
『인생은 아름다워』
SBS, 2010

024

『인생은 아름다워』에서 종합병원 내과 의사인 태섭은 동성애자다. 가족들에게 잘 숨기며 살았으나 그의 연인 경수와 애정을 나누는 현장을 동생에게 들킨 후 어머니에게 자신이 동성애자임을 고백한다. 어머니는 충격을 받지만, 아들의 뜻을 존중하여 아들 편에서 가족을 설득해 결국 두 사람은 양가 가족에게 인정받는다.

지금은 인식이 많이 변했지만 드라마가 방영된 2010년만 해도 드라마에, 그것도 온 가족이 둘러앉아 시청하는 주말 드라마에 동성애자 캐릭터를 등장시킨 것은 큰 모험이었을 것이다. 『인생은 아름다워』는 동성애를 터부시하는 사회에서 동성애를 과장하거나 왜곡하지 않고 있는 그대로 대중에게 전달하고자 노력했다는 면에서 긍정적으로 평가되었다.

문제는 드라마 바깥에서 벌어졌다. 홈페이지 시청자 게시판이 비판의 글로 도배가 되다시피 하여 제작진은 결국 몇몇 장면을 변경하거나 삭제해야 했다. 또한 '국가와 자녀들의 앞날을 걱정하는 참교육 어머니 전국 모임과 바른 성문화를 위한 전국 연합'이라는 단체 명의로 "『인생은 아름다워』 보고 게이된 내 아들 AIDS로 죽으면 SBS 책임져라!"라는 자극적인 제목의 성명서가 신문에 실리기도 했다. 이 성명서 제목은 현수막으로도 제작되어 곳곳에서 나부꼈고, 이후 동성애 반대 운동의 상징이 되었다.

드라마는 사회적 약자나 차별당하는 소수, 누군가로부터 부정당하여 '없는 존재'가 된 이들이 사회에 존재함을 표현하는 역할도 한다. 그렇기에 나는 『인생은 아름다워』가 옳았다고 생각한다. 이제는 사회적 인식도 많이 변해 저런 차별적 제목의 성명서라면 비웃음부터 받겠지만, 여전히 저런 선동에 현혹되는 사람들에게 묻고 싶다. 재벌 나오는 드라마 본다고 재벌 되나? 조폭 나오는 드라마 본다고 조폭이라도 되나? 앞서가진 못해도 최소한 드라마의 속도라도 따라잡으면 좋겠다.

남자도 핑크색을 이렇게까지
좋아할 수 있는 거잖아요.
좀 특이한 거지,
그게 나쁜 것은 아니잖아요.

모지혜
『유 레이즈 미 업』
웨이브, 2021

지인의 출산 선물을 사러 갔다가 당황한 적이 많다. 아이의 개월 수와 성별을 물어본 판매 직원이 당연하다는 듯 여자아이에게는 분홍, 남자아이에게는 파랑 계열의 물건을 권하기 때문이다. 내가 난감한 표정을 지으면 중립 지대인 노랑 계열을 보여 주기도 하지만, 넘실대는 분홍과 파랑 계열에 이미 질려 버린 후다.

여자아이는 태어날 때부터 분홍색을 좋아하고, 남자아이는 파란색을 좋아하는 것이 당연한 것일까? 그렇지 않다. 제2차 세계 대전 이전까지만 해도 분홍색은 남성에 더 가까운 색이었다고 한다. 붉은 계열의 색이 피, 전쟁, 힘을 상징했고, 파란색은 온화함, 얌전함, 수동성을 떠올리게 해서 여성복에 사용되었다고 한다. 그러니까 우리가 당연하게 여기는 건 원래 그런 것이 아니라 사회 흐름에 따라 고안된 경우가 대부분이다.

권위주의적 사회일수록 강하게 작동하는 고정관념은 타인을 쉽게 차별하거나 혐오하는 동력이 된다. 『유 레이즈 미 업』의 주인공 도용식이 이유 없이 기피 대상이 되고, 위험인물로 여겨져 납치범으로 몰리게 되는 이유는 그가 '남자답지 않게' 핑크 덕후이며 알바를 전전하는 공시 6년 차라는 사실 외에는 없다.

그럼에도 드라마 속 인물들은 도용식을 비웃고 무시하며 그의 취향과 선택을 잘못된 것으로 여기도록 만든다. 특정 색상을 좋아하고 월세 몇 번 밀리면 범죄자일 가능성이 높다는 근거는 어디에도 없음에도 불구하고 말이다. 드라마는 도용식의 항변을 통해 그것은 차별이고 혐오라는 걸 분명하게 알려 준다.

형은 진짜 에러 같은 새끼예요.

제이선
『시맨틱 에러』
왓챠, 2022

"드라마에 이성애 연애만 나오는 거 너무 지겨워."

언제부턴가 심심치 않게 듣는 말이다. 그러던 어느 날 『시맨틱 에러』를 만났다. 가벼운 마음으로 봤다가 정신을 차려 보니 마지막 회 엔딩 자막이 흐르고 있었다. 잘생긴 남자 주인공들이 캠퍼스에서 티격거리다 연애하는 드라마라니. 재미있지 않을 이유가 없다. 재미를 떠나 『시맨틱 에러』는 마치 이성 간 연애만 존재하는 듯했던 한국 드라마 세계에 때마침 도착한 '미래'로서의 의미도 있다.

BL(Boy's Love)은 유구하고 복잡한 역사를 가진 장르다. 1970년대 일본 동인지문화 확산을 계기로 파생된 '야오이'やおい 문화에 그 뿌리를 두고 있으며, 우리나라에서는 1980년대 아마추어 만화 동아리를 통해 적극 수용되어 1990년대 이후부터는 웹소설·웹툰·영화 등의 영역으로 확장했다. 하지만 BL 드라마는 언제나 시기상조로 여겨졌다. 그러다가 2020년 웹드라마 『너의 시선이 머무는 곳에』를 시작으로 『새빛남고 학생회』 『류선비의 혼례식』 『첫사랑만 세 번째』 등이 제작되었고, 마침내 2022년 『시맨틱 에러』가 소위 대박이 났다. 그간 브로맨스나 남장 여자와의 사랑 등으로 우회적으로 표현되었던 BL 드라마가 본격적으로 대중화된 것이다.

누군가는 이런 흐름을 부정적으로 보겠지만, 다양성을 이해하고 존중하는 사회로 변화하는 흐름의 측면에서는 긍정적이다. BL 드라마는 특별하면서도 특별하지 않다. 이성애건 동성애건 사람과 사람 사이의 관계와 사랑, 그로 인한 고통과 행복과 성장 과정을 담아낸다는 면에서 충분히 보편적인 대중 서사다. 『검색어를 입력하세요 WWW』에서 브라이언이 한 조언처럼 "시대가 결국 선택하게 될 것을 미리 선택"하는 게 드라마의 운명이라면 『시맨틱 에러』는 그 운명을 잘 타고 태어난 듯하다.

넌 대체 누굴 보고 있는 거야.
내가 지금 여기 눈앞에 서 있는데.

노래 「질투」 (유승범, 1992)
드라마 『질투』 OST

"영호야!" "하경아!"

서로의 이름을 부르며 달려가 포옹하는 순간, 음악이 흐르고 화면이 빙글빙글 돈다. 무려 30년 전 드라마 『질투』의 마지막 장면이다. "넌 대체 누굴 보고 있는 거야"로 시작하는 주제가를 지금도 똑같이 부를 수 있다. 나뿐 아니라 그 시대를 산 많은 이에게 『질투』는 특별한 드라마로 기억된다.

문화 부흥기를 맞은 1990년대, 첫 '트렌디 드라마'로 등장한 『질투』는 가족 대신 청년들의 라이프스타일과 연애 이야기를 전면에 내세워 호응을 얻었다. 등장인물들이 주로 모였던 편의점과 피자 가게는 당시만 해도 생소한 장소였지만, 드라마 방영 후 전국에 매장이 급증할 정도로 주목받았다. 그러니 『질투』는 1990년대 '힙'한 청년 문화를 엿볼 수 있는 사료로도 가치가 있다.

유행만 선도한 게 아니다. 진보적인 여성상을 재현했다는 점에서도 주목할 만하다. 이전의 드라마에서 여성은 누군가의 딸·아내·며느리로서 순종적이고 소극적인 모습으로만 재현되었지만, 영호의 친구 하경은 능력을 인정받아 고속 승진하는 직장 여성으로 나오고, 영호가 첫눈에 반한 영애는 피자 가게를 운영하는 사장으로 등장한다. 주체적이고 자신의 감정에 솔직한 여성의 얼굴이 대중문화 전면에 등장한 것이다. 이후 『우리들의 천국』 『내일은 사랑』 『느낌』 『마지막 승부』와 같이 청년들의 우정·연애·꿈을 담은 트렌디 드라마가 줄지어 탄생했다.

지금이야 이런 설정이 식상할 정도로 흔해졌지만, 당시에는 사랑을 너무 가볍게 여기는 청년문화를 걱정하는 칼럼과 전문직 여성이 등장한다는 이유로 '페미니즘 물결이 거세게 일고 있다'는 기사가 나기도 했다. 기성세대에게는 우려할 만한 변화로 여겨지기도 했던 것이다. 그 중심에 『질투』가 있었고, 대중문화가 역동하던 시절 변화의 첫 단추를 잘 꿴 셈이다.

나도 꽃으로 살고 있소.
다만 나는 불꽃이오.

김은숙
『미스터 선샤인』
tvN, 2018

한 시대를 견인한 작가들이 있다. 1970~1990년대에는 『청춘의 덫』『인생은 아름다워』 등 사회적 관습과 금기의 경계를 넘거나 『사랑이 뭐길래』 같은 가족의 가치를 옹호하는 드라마를 쓴 김수현 작가가 있었고, 2000년대에는 『거짓말』 등으로 서로 다른 인간을 이해하게 하는 드라마를 주로 쓴 노희경 작가가 있었다. 『네 멋대로 해라』 등을 통해 새로운 감각의 드라마를 선보인 인정옥 작가도 있었고 로맨스 드라마의 지평을 넓힌 김은숙 작가도 있다.

김은숙 작가를 향해서는 호평 못지않게 혹평도 많다. 혹평하는 이들은 "애기야, 가자!" 하는 식의 오글거리는 대사나 다소 보수적인 국가관, 반복되는 신데렐라 서사를 비판한다. 나도 동의하는 비판이지만, 다른 한편으로는 대중 드라마라는 장르의 한계 속에서 자신이 할 수 있는 만큼, 대중이 소화할 수 있을 정도의 드라마 속 인물과 서사를 끊임없이 성장시킨 작가라는 생각을 한다. 그를 스타 작가 반열에 올려 놓은 작품 『파리의 연인』은 전형적인 로맨스 드라마지만, 모든 게 강태영의 꿈이었음을 암시하는 결말로 로맨스의 세계를 부숴 버렸다. 『프라하의 연인』은 현직 대통령의 딸이자 외교관인 여성과 남자 형사의 로맨스를 다룸으로써 전형적인 신데렐라 스토리를 전복시켰다. 『시크릿 가든』은 가난하지만 씩씩한 '캔디' 여성과 '싸가지' 없는 재벌 남성이 등장하는 뻔한 설정이었지만 스턴트우먼인 여성이 남성의 세계로 귀속되는 게 아니라 남성이 여성의 세계에서 살게 되는 뻔하지 않은 결말로 이어졌다. 그리고 『미스터 선샤인』에는 나라를 구하고자 나선 의병 여성, 고애신이 등장한다.

대중 드라마를 생각하면 김은숙 작가를 떠올리게 된다. 호불호를 떠나 대중의 눈높이와 정서를 잘 파악하고 반영하며 변화하는 작가라는 면에서 그렇다.

난 사랑 타령하는 드라마가 좋아.
실제로 할 일은 없으니까.

이병헌·김영영
『멜로가 체질』
JTBC, 2019

재미있게 보던 드라마의 남녀 주인공이 사귀다가 헤어지자 SNS가 난리 났다. 달달하게 연애하는 모습이 보기 좋았는데 왜 꿈을 깨냐며 분노하고, 작가가 곳곳에 심어 놓은 '떡밥'을 되새기며 현실을 부정했다가 다시 이어질 일말의 가능성을 찾아내 희망 회로를 돌려 보기도 한다. 요즘에는 덜하지만, 과거에는 마치 달을 보며 소원을 빌 듯 드라마 홈페이지 게시판에 "제발 ○○와 ○○을 연결해 주세요!"라고 작가에게 애원하는 게시물이 꽤 많았다.

드라마의 8할은 사랑 이야기라 해도 지나친 말이 아닐 것이다. 다양한 형태의 사랑 중 이성 간의 사랑이 대부분이고, 장르 불문 남녀 주인공은 항상 연애할 준비가 된 상태다. 그렇기에 시청자들도 당연히 그들이 연애할 것이라 지레짐작하며 드라마를 보고, 그런 예상이 맞아야 해피엔딩이라 여긴다.

언제부터인가 그런 경향이 바뀌었다. 남녀 주인공의 연애사가 중심이던 내용에서 탈피해 전문 직업물의 드라마들이 호평을 받기 시작했으며 추리·SF·오컬트·재난 등 다양한 소재를 반영한 장르 드라마가 부쩍 늘었다. 드디어 연애 초과의 시대에서 연애 소멸 시대로 진입한 것일까? 현실은 확실히 그런 것 같기도 하다. 소위 '4B'(비연애, 비섹스, 비혼, 비출산)를 선택하는 청년 세대가 늘어나고 사랑할 시간적, 경제적 여유가 없는 이들이 사랑의 불가능성을 진지하게 말하는 시대다. 드라마의 어떤 면은 그런 사회적 흐름과 대중의 지향에 반응하는 것처럼 보이기도 한다.

그럼에도 여전히 우리는 부디 드라마 속 그들만은 나 대신 오해와 갈등, 역경을 극복하고 설렘 가득한 사랑을 이어 가 주길 바라며 드라마를 본다. 어차피 상상의 세계라면, 달콤한 판타지가 좋다.

인생에서 꼭 만나야 할 사람은
소울 메이트가 아니야.
덕질 메이트지.

김혜영
『그녀의 사생활』
tvN, 2019

동거인과 드라마를 함께 보고 수다 떠는 재미가 쏠쏠하다. 동거인은 본디 드라마 보는 걸 지루해했다. 그러다 드라마 덕후인 나를 만나 취미 활동을 함께 하려고 드라마를 보기 시작했다. 나는 그런 동거인을 배려하려고 드라마 보는 횟수를 줄였다. 우리는 이렇게 느슨하게나마 '덕질 공동체'를 형성했다.

『그녀의 사생활』은 로맨스 드라마이기도 하지만 '덕후'들의 드라마이기도 하다. 성덕미술관 수석 큐레이터 성덕미는 아이돌 그룹 화이트오션 멤버 차시안 팬클럽 '시나길'(시안의 나의 길)에서 '홈마'로 활동한다. 성덕미의 친구이자 '덕질 메이트' 이선주는 한때 화려한 덕력을 뽐냈지만, 현재는 아들 덕후로 살고 있다. 드라마는 덕질을 매개로 한 두 사람의 우정과 성덕미와 성덕미술관 관장 라이언 골드의 연애사를 보여 준다.

이 드라마가 다른 로맨스 드라마와 다른 지점은 서로의 다름과 취향을 존중하는 태도에 있다. 덕미를 사랑하게 된 라이언은 아이돌 덕후인 덕미를 더 깊이 이해하려고 '시나길' 팬카페의 회원이 된다. 덕미 또한 라이언이 입양되었다는 사실을 알고 그를 더 깊이 사랑하게 된다. 아이돌을 좋아하는 마음이든, 친구나 연인을 좋아하는 일이든 상대를 있는 그대로 이해하고 존중할 때 반짝반짝 빛이 난다는 걸 이 드라마는 담백하게 보여 준다.

이 드라마에서 또 하나 눈여겨볼 대목은 여성서사가 진보하며 남성 캐릭터도 변화하고 있다는 점이다. 아이돌 덕후 애인을 있는 그대로 존중하고 그의 세계를 지켜 주려는 라이언처럼 최근 드라마에서 사랑받는 남성들은 상대를 존중하고 배려할 줄 안다. 여성의 보호자를 자처하는 박력 있는 남성미가 각광받던 시대는 지났다. 여성들이 더는 그런 남성을 선택하지 않게 된 것이다. 그러니까 사랑을 하려거든(받으려거든) 변해야 한다.

좋아서 죽네 사네 하는 남자가
나 싫다 그러는데
'오케이 됐어' 한 방에 그러는 거
쿨한 거 아니다. 미친 거지.

노희경
『굿바이 솔로』
KBS2, 2006

자칭 짝사랑 전문가였다. 교회 오빠를 3년 동안 좋아해 보기도 하고, 짝사랑하던 남사친 결혼식에 가서 물색없이 환하게 웃으며 축하 인사를 전하고 울면서 돌아온 기억도 있다. 짝사랑의 제1원칙은 들키지 말아야 한다는 것이다. 그렇기에 안 그런 척해야 하는 일도 많고 '쿨'해야 하는 순간도 많다.

그래서일까? 나는 내가 제법 쿨한 사람인 줄 알았다. (짝)사랑뿐 아니라 다른 인간관계에서도 상대를 잃지 않으려고 혹은 적정 거리를 유지하려고 쿨한 사람이 되고자 노력했다. 돌이켜 보니 그때의 쿨함은 나를 보호하기 위한 안간힘에 가까웠다.

이후 연애를 하고 친밀한 우정을 나눈 사람이 많아지며 알게 되었다. 나는 결코 쿨한 인간이 될 수 없음을. 오래 만나고 싶은 사람에게는 어느 정도 찌질하고 상당히 질척거리는 사람이었다. 상대와의 관계에서 쿨하지 못한 태도는 나에게는 약점이 아니었다. 오히려 그 관계를 유지하기 위해 최선을 다해 볼 용기가 되었다. 쿨하지 못한 과정을 거쳐 보았기에 지난 연애를 붙잡지 않을 수 있었고 흘러간 인연에 미련을 두지 않을 수 있었다.

물론 찌질과 질척에는 적정선이 필요하고, 서로가 감당할 수 있을 정도로만 표현되어야 하겠지만 사랑과 우정에 기반을 둔 관계가 쿨하기만 할 수 없는 것은 당연하다. 만약 쿨할 수 있다면, 그 사랑이나 우정은 이미 만료되었거나, 상대가 아닌 자기 자신을 더 사랑하는 것이거나, 『굿바이 솔로』에서 사람들의 '쿨병'을 단번에 박살내는 영숙의 말처럼 미친(?) 게 분명하다.

누가 재미있어서 사나.
다들 내일이면 재미있을 줄 알고
사는 거지.

천성일
『추노』
KBS2, 2010

032

일요일 오후부터 어김없이 두통이 몰려온다. 처음에는 원인을 알 수 없어 당황하다가 내 삶을 차근차근 복기한 결과 원인을 알아냈다. 월요병. 내일이 월요일이라는 사실 때문에 스트레스 받는 직장인의 만성 질환이었다. 그 병에는 약도 없다. 월요일을 없애거나, 직장을 그만두지 않는 이상.

하루 중 가장 마음이 어두울 때는 기상 알람이 울릴 때다. 세상으로 나가야 하는 시간을 유예하고자 "5분만 더"를 외치며 알람을 다시 맞추지만 그 유예 시간이라야 고작 몇 분 남짓이다. 가끔은 버스 정류장에서 영화 『이터널 선샤인』 속 주인공 조엘처럼 출근길 지하철역에서 돌아서 전력 질주하여 바다로 가는 걸 꿈꾸지만, 그건 영화 속 일일 뿐이다. 두 눈 딱 감고 돌아서려 하면 갚아야 할 대출금과 카드빚이라는 사슬이 나를 다시 플랫폼 앞으로 끌어당긴다. 그래서 종종 "이 세상에 매여 있는 것들은 다 노예다"라는 『추노』 속 대사를 떠올리곤 한다. 조선 시대의 노비와 현대 사회의 직장인은 자유가 없다는 면에서 닮은 꼴이 아닌가.

아예 자신을 노비에 빗대어 표현한 자조적인 유머를 종종 접한다. 이왕이면 정승판서 노비가 낫지 않겠냐며 대기업 다니는 직장인을 부러워하는 글도 봤다. 웃기고도 슬픈 이야기다.

요즘에는 목표를 바꾸었다. 어차피 노비 신세를 면하지 못할 것이라면 재미있게 사는 노비가 되는 것이다. 내일이면 재미있을 줄 알고 사는 거라는 드라마 속 최 장군의 말처럼, 오늘보다는 더 재밌어질 내일을 기대하며 매일을 사는 노비가 되어야겠다. 그런데 왜 눈물이 나는 거지?

지나간 짜장면은
다시 돌아오지 않아.

홍미란·홍정은
『환상의 커플』
MBC, 2006

033

드라마에 먹는 장면이 나오면 덩달아 먹고 싶어지는 게 인지상정이다. 특히 밤 10시 넘어 방영되는 드라마에서 라면 먹는 장면이 나오면 이성과는 무관하게 어느새 냄비에 물을 받는 나를 발견한다. 혹시 그날 못 먹으면 다음 날이라도 기어이 먹고야 만다. 라면처럼 비교적 쉽게 해결할 수 있는 음식이면 그나마 다행이다. 그럴 수 없는 음식이 등장하면 어쩐지 약이 오른다. 예를 들면, 짜장면. 누군가는 "짜장 라면이 있잖아요?" 하겠지만, 모르는 소리! 짜장면과 짜장 라면은 엄연히 다른 음식이다.

드라마에 짜장면 먹는 장면이 나오면 먹고 싶다는 순전한 욕망이 입안에 가득 고이는 한편, 잠시 추억에 젖게 된다. 부모님은 20년 넘게 작은 중화요리점을 운영했다. 어릴 때는 부모님과 함께 출근해 주방에서 재료 준비하는 아빠를 구경하며 하루를 시작했다. 지금이야 기계로 면을 뽑지만 수타면이 일반적이던 시절, 아빠가 밀가루 반죽을 조리대에서 요리조리 굴리다가 바닥에 탁탁 내리치면, 마법처럼 한 덩어리이던 반죽이 수십 가닥으로 갈라져 면발이 되었다. 아빠가 양손에 식도를 들고 양파나 양배추를 다지는 순간은 수준 높은 난타 공연보다 더 경쾌했다. 그렇게 아빠의 손을 거쳐 나온 짜장면은 내게 최고의 요리였다. 나는 탕수육보다 갓 볶은 짜장면을 더 좋아했다. 살면서 셀 수 없이 많은 짜장면을 먹었지만, 아빠가 만든 것보다 맛있는 짜장면을 아직 만난 적이 없다. 어쩌면 영원히 못 만날 것이다.

"지나간 짜장면은 다시 돌아오지 않아"라는 『환상의 커플』 속 나상실의 말은 살면서 우리가 놓쳐 버린 기회, 무심하게 지나온 것들을 돌아보게 한다. 우리는 왜 늘 지나고서야 그것이 귀한 줄 알게 되는 걸까? 인생이 원래 그렇게 설계된 걸까?

이제 이미 사라진 것들에,
다시 돌아갈 수 없는 시간들에
뒤늦은 인사를 고한다.
안녕, 나의 청춘. 굿바이, 쌍문동!

이우정·이선혜·김송희·정보훈
『응답하라 1988』
tvN, 2015

'응답하라' 시리즈 중 『응답하라 1988』을 가장 인상 깊게 보았다. 특히 드라마가 보여 준 쌍문동 골목의 풍경이 좋았다. 집주인과 세입자가 왕래하며 희로애락을 나누고 전교 989등과 1등이 절친일 수 있는 관계, 누구 집 자식이든 함께 먹이고 재우며 각자의 형편을 존중하면서도 서로 돕는 공동체, 청소년이든 어른이든 저녁이 있는 삶을 누릴 수 있는 세계와 그 모든 것을 가능하게 하는 끈끈한 가족애가 그곳에 있었다.

하지만 그 쌍문동 골목은 지금은 경험할 수 없는 세계다. 『응답하라 1988』이 폭넓은 인기를 끌었던 이유는 그 시절의 언저리를 경험했던 이들에게는 돌아갈 수 없는 시간의 노스탤지어를, 그 시절을 모르는 이들에게는 흥미로운 판타지를 선사했기 때문이 아닐까? 어느 쪽이건 지금은 경험할 수 없다.

그렇다면 앞으로는 경험할 수도 있을까? 이런 희망 섞인 기대에 『응답하라 1988』은 고개를 젓는다. 『응답하라 1988』에는 성인이 된 주요 인물들이 여전히 관계를 이어 가던 『응답하라 1997』과 『응답하라 1994』와는 달리 중년 부부가 된 덕선과 택이 그 시절을 추억할 뿐, 다른 인물들의 '현재'는 보이지 않는다. 게다가 덕선의 내레이션이 흐르는 가운데 펼쳐지는, 모두 이사 가고 텅 빈 쌍문동 골목의 풍경은 쓸쓸하기 짝이 없다. "이제 이미 사라진 것들에 다시 돌아갈 수 없는 시간들에" 안녕을 고하는 덕선의 마지막 말이 가족·관계·공동체 속에서 복닥거리며 풍요로웠던 날들에 영원한 안녕을 고하는 선언인 것만 같아 드라마의 결말이 잔인하게 느껴지기도 했다. 집주인과 세입자가 희로애락을 누릴 가능성이 희박해지고, 쌍문동을 떠나 판교로 이사 간 이들이 맞이할 황금빛 미래를 생각하면 그런 결말이 너무 현실적이라 더 잔인하게 느껴졌는지도 모를 일이다.

직업을 구할 때는
인턴 기간이라는 게 있어서
판단을 해 볼 수가 있지.
무슨 결혼은 유예기간도,
안전장치도 없이 무조건
복불복이잖아.

이정선
『아버지가 이상해』
KBS2, 2017

부모님이 즐겨 보던 주말 드라마가 끝났다. 대개의 주말 드라마가 그러하듯, 복잡하게 얽힌 문제들이 종영 2회를 남겨 두고 속전속결로 해결되었다. 16세의 나이 차를 극복하고 결혼에 성공한 남녀 주인공이 사별한 아내와의 사이에 낳은 남자의 아이 셋에 쌍둥이까지 낳아 다복하고 행복한 가정을 이루며 끝났다.

OTT 플랫폼에서 해외 드라마를 다양하게 볼 수 있는 시대지만, '안방 극장'인 주말 드라마도 TV 프로그램 시청률 전체 1위를 놓치지 않을 정도로 만만치 않은 팬층을 보유하고 있다. 주말 드라마는 졸혼, 비혼, 가족 해체 등 사회 변화의 흐름을 보여 준다는 면에서 의미 있지만, 전형적인 '정상가족' 서사, 무리한 전개, 뜬금없는 권선징악형 마무리가 반복된다는 면에서 시대착오적이라 비판받기도 한다.

그럼에도 시대착오적 발상과 전형성을 멋지게 벗어난 주말 드라마가 나오기도 한다. 능력 있는 커리어우먼이 보수적인 가정의 장남과 결혼하여 긍정적 변화를 일으키는 『넝쿨째 굴러온 당신』, '결혼 인턴 제도'라는 새로운 가치관이 제시되는 『아버지가 이상해』, 비혈연 가족의 결합을 다룬 『아이가 다섯』, '가족 해체' 이후를 다룬 『황금빛 내 인생』 등이 대표적이다. 이런 몇 작품을 제외한 대부분의 드라마는 1980~1990년대에 나왔을 법한 내용의 반복이지만. 주말 드라마를 보며 사회 변화는 단박에 이루어지는 게 아니라 진보와 반동, 퇴행이 끊임없이 반복되며 성취되는 것이라고 믿게 되었다. 주말 드라마의 전형성도 한국 사회의 현재를 관찰할 수 있다는 지점에서는 중요한 텍스트다. 그것이 욕하면서도 주말 드라마를 포기하지 않는 이유다. 그런 기대를 가지고 다음 주말 드라마를 기다린다. 물론 또 욕을 하며 보겠지만.

세상이 왜 피라미드야,
지구는 둥근데 왜 피라미드냐고!

유현미
『스카이 캐슬』
JTBC, 2018

유난히 사회적 관심을 끄는 드라마가 있다. 교육과 계급이라는 민감한 주제를 건드린 『스카이 캐슬』이 그렇다. 드라마 속 대사는 유행어가 되었고, 다양한 분석과 토론이 이어졌다. 이토록 뜨거웠던 드라마 『스카이 캐슬』은 우리에게 무엇을 남겼을까?

자극적 설정과 충격적 반전을 반복하던 드라마는 결국 파국을 맞이했다. '캐슬'이라는 견고한 세계를 무너뜨리는 데도 실패했다. 아니 애초에 그럴 생각이 없었던 것 같다. 자본과 계급으로 구축된 캐슬에서 적당히 교양을 갖추며 사회적 가면을 쓰고 처신을 잘한 이들은 모두 살아남았다. 반면 몇몇 여성 캐릭터는 자식 교육을 잘못 시켰다는 죄책감을 뒤집어쓰거나 캐슬을 위협하는 존재로 치부되거나 그저 '불쌍한 핏줄'로 쓰이고 버려졌다.

아마 "이 빌어먹을 대한민국 교육 시스템을 우리가 바꿀 순 없"으니 "우리 아들이 굳건히 버티게 사랑을 듬뿍듬뿍 주는 게 우리 몫"이라는 대사가 이 드라마가 전하고자 한 메시지 아니었을까? 문제의식은 시멘트로 발라 버리고 그 자리를 개인적 각성과 가족주의라는 화려한 스테인드글라스로 영롱하게 빛나게 하면 그만이었던 것이다. 캐슬을 위협하던 아이였던 혜나가 죽자 전형적인 캐슬의 아이, 예서는 더 강력해졌다. 이전에는 부모가 정한 목표를 향해 달려가는 '주입식 신자유주의' 자식이었지만, 이후로는 '주체적 신자유주의'의 화신이 되었다. 그렇게 집안의 '대업'을 이뤘을 것이다. 계급화한 사회의 부조리를 폭로하고 대항하고자 하는 이들은 부서지고 사라지지만, 그 세계는 무너지지 않고 새로운 방식으로 강화된다.

그나마 그 속에 아버지의 피라미드 세계관을 부순 서준·기준 형제, 부모의 행동을 부끄러워하던 예빈처럼 부모가 걷던 길을 거부하는 자식들이 있어 미력한 위안이 되었다.

세상은 바뀌지 않아.
내 인생 잘 풀리면 정의로운 세상,
내 인생 꼬이면 더러운 세상이야.

박경수
『펀치』
SBS, 2014

때로 정치 뉴스가 예능보다 재미있고 드라마보다 흥미진진하다. 긍정적인 재미와 흥미보다는 냉소와 분노를 유발한다는 점에서 나쁜 예능이고 막장 드라마에 가까운 게 문제지만. 그래서일까? 정치를 소재로 한 드라마에는 막장 드라마의 요소가 많다.

『펀치』는 상상할 수 있는 모든 불의의 난장판을 보여 준 드라마다. 온갖 부정과 비리를 자양분 삼아 검찰총장의 자리에 오른 이태준 검찰총장과, 검찰 개혁을 주장하는 상징적 인물로 검찰총장과 대립하지만 사실 아들의 병역 비리를 감추고 있는 윤지숙 법무부 장관, 가난한 가정에서 성장해 성공을 위해 달리며 딸 예린이를 위해서라는 명분으로 온갖 비리에 협조하는 박정환 검사, 그런 박정환에게 정의가 이긴다는 것을 보여 주고자 하지만 늘 무력하게 패배하는 신하경 검사 등. 이 드라마의 등장인물은 모두 '나쁜'과 '덜 나쁜' 사이 어딘가에 있다. 이들은 자신의 목적을 이루려고 혹은 살아남으려고 끊임없이 서로를 이용하고 배신한다. 이들의 세상이 지옥인 이유는 법과 정의를 아무렇지 않게 뭉개 버리면서도 더 철저히 법의 울타리 안에서 그것을 활용해 자신들의 욕망을 채우려 하기 때문이다.

정치를 소재로 한 드라마는 대체로 비슷하다. 국가라는 시스템은 정·재계를 망라한 이익 공동체에 의해 무력화되고, 그런 사회일수록 공공의 선을 지키는 일은 어리석게 느껴진다. 그런 드라마를 보며 가끔 이런 생각을 한다. "현실이 드라마를 견인한다." 많은 사람들이 드라마를 허구라 생각하지만, 어떤 면에서는 드라마만큼 현실을 적나라하게 반영하고 정확하게 진단하는 장르가 없다고 느낀다. 『펀치』를 비롯하여 정치를 소재로 한 드라마를 보면 그런 생각이 더 굳어진다. 그리고 어떤 현실은 드라마보다 못하다고 생각한다. 적어도 드라마에서는 정의가 승리하며 나쁜 놈은 벌을 받기 때문이다.

서는 데가 바뀌면
풍경도 달라지는 거야.

이남규·김수진
『송곳』
JTBC, 2015

아무리 꾸며 낸 이야기라지만 드라마를 보다 보면 고구마 100개를 한꺼번에 삼킨 듯 답답할 때가 많다. 주로 가부장 남성 중심의 가치관을 재현하는 드라마를 보면 그렇다. 여성을 폭력적 상황에 방치하는 장면이 나오면 가슴이 두근거려 눈을 질끈 감게 된다. 누구에게는 허구인 이야기가 어떤 이에게는 구체적으로 감각되는 현실이기도 하기 때문이다. 과거에는 재미있게 보았지만 지금은 마냥 편히 보기 힘든 드라마 목록도 늘었다. 그만큼 사회가 변했고, 그런 사회에서 살며 나의 관점도 변했기 때문이다.

대중문화, 특히 드라마는 자신을 누구와 동일시하는가에 따라 다른 감상을 가지게 되는 장르다. 이를테면 집안일에 무관심하고 아내에게는 폭력을 휘두르면서 자식에게 무뚝뚝했던 아버지가 사실은 가족을 사랑하지만 사랑을 표현하는 것에 서툰 불쌍한 가장이었다는 걸 설파하는 드라마를 보면 이제는 그 아버지에게 연민을 느껴 마음이 아픈 게 아니라 평생 고생했을 어머니가 불쌍하다는 생각을 먼저 하게 된다. 그러나 한사코 그런 아버지를 이해해야 한다고 가르치는 드라마가 많아 불편하다. 여성을 자신의 소유물처럼 함부로 대하는 남성에게 '순정 마초'라는 기이한 특징을 부여하는 드라마도 있다. 여성의 입장에서 생각하면 과연 '순정'이라는 말을 함부로 붙일 수 있을까? 여성과 사회적 약자를 함부로 여기거나 도구화하는 드라마를 굳이 꾸역꾸역 볼 필요가 있을까? 이런 생각을 하며 보다가 포기하는 드라마 목록도 늘었다.

어느새 드라마를 볼 때 그 이야기에 (비)공감하는 나를 끊임없이 의심하는 버릇이 생겼다. 나는 어디에 서 있는가, 누구의 시선으로 인간과 사회를 보고 있는가. 서는 데가 바뀌면 풍경도 달라지는 법이다.

밥 먹을래, 나랑 뽀뽀할래!
밥 먹을래, 나랑 잘래!

이경희
『미안하다 사랑한다』
KBS2, 2004

종종 예전에 좋아했던 '오빠'들 노래를 듣는다. 그런 노래를 듣고 있노라면, 오빠들의 달달한 사랑 고백에 덩달아 설레고, 절절한 이별 후일담에 눈물 흘리며 노래를 듣던 그 시절의 풍경과 공기가 고스란히 느껴진다. 그러나 정신 차리고 가사를 재해석하면, 그 시절 오빠들을 다시 사랑하긴 힘들어진다.

드라마도 마찬가지다. 그때는 분명 설레했으나 지금 보면 그때 설레했던 나를 꾸짖고 싶어질 때가 많다. 수없이 패러디된 『미안하다 사랑한다』 속 차무혁의 대사도 그런 범주에 속한다. 솔직히 고백하자면, 차무혁이 절망에 빠진 송은채를 차에 태우고 거칠게 운전하며 버럭 소리 지를 때 나는 "꺄악!" 환호성을 질렀다. 송은채를 깊이 사랑하는 차무혁의 마음이 고스란히 느껴졌기 때문이다.

지금 다시 보면, 이 장면은 꽤 무례하고 폭력적인 장면이다. 송은채 역할을 맡았던 배우 임수정도 이 장면을 두고 "당시에는 나 이렇게 너를 사랑한다는 뜻으로 통했지만 지금은 불편"하다는 소회를 밝히기도 했다. 이 장면뿐 아니라 '그때는 맞고 지금은 틀린' 드라마 장면이 꽤 많다. 주로 여성의 신체를 함부로 만지거나, 자신의 소유물처럼 일방적으로 대하는 장면들이다. 여성의 손목을 잡아채고 끌고 나가는 장면이나, 벽에 밀치고 다짜고짜 키스하는 장면, 집 앞에서 무작정 기다리는 장면 등은 지금 보면 민망하기 그지없다. 그때 우리는 왜 '버럭'과 '박력'을 낭만이라 여기고, 폭력을 사랑이라 착각했을까? 그런 장면을 좋아했던 나를 지워버리고 싶다는 정도는 아니지만, 같은 어리석음을 반복하고 싶지는 않다.

사건이 났고, 넌 잘못이 없고,
시간이 지났고, 현재 넌 경찰이
된 거지. (……) 매일 힘들어도,
가끔 힘들어도, 트라우마가 생겨도,
안 생겨도, 다 정상적인 반응
아닐까? 모든 사람이 다 똑같은
반응이면 그게 더 이상하잖아.

노희경
『라이브』
tvN, 2018

지금까지 우리 사회는 성폭력 사건의 피해 여성에게 유독 가혹했다. 그러다 2018년 확산된 미투 운동으로 사회 전반에서 성폭력에 대한 인식의 변화가 일기 시작했다. 이 운동이 이룬 가장 큰 성취는 무수한 여성이 피해자의 시간을 벗어나 생존자의 시간을 살게 되었다는 점이다. 그간 피해자에게 '피해자다움'의 덫을 씌웠던 사회적 편견은 가해자의 몫이 되어야 마땅하다.

드라마도 미력하게나마 그런 변화를 반영한다. 경찰 조직 중 가장 기초 단위인 지구대의 현실을 다룬 『라이브』도 그중 하나다. 이 드라마에는 다양한 사건·사고가 등장하는데, 특히 성폭력 사건이 이야기의 중심에 있다. 데이트폭력, 가정폭력, 연쇄특수강간 등 여성이 당할 수 있는 각종 위험과 폭력을 재현하며 유용한 정보를 제공한다. 경찰 시보 한정오는 그 서사의 중심에 있다. 그녀는 미혼모에 공황장애가 있는 엄마에게서 자랐고, 고등학생 시절 동급생에게 강간을 당한 피해자이기도 하다. 드라마는 이런 그를 피해자의 자리에 두지 않고, 경찰이 되어 또 다른 피해자를 돕는 자로 살게 한다. 한정오는 성폭력을 당했던 '12년 전 10시 58분'을 평생 잊지 못하지만, 그 시간이 자신의 인생에 별 영향을 끼치지 않았다고 말한다. 그러면서도 트라우마를 겪지 않는 자신이 이상한 건지 끊임없이 의심했다고도 고백한다. 유난히 피해자다움을 강요하는 사회적 분위기에 눌린 탓이다. 그에게 안장미(과거 한정오 사건의 담당) 경감은 무심하지만 사려 깊은 위로의 말을 건넨다.

어떤 사건을 겪었건 사람들의 반응은 저마다 다를 수 있고, 다른 것이 당연하다는 인식은 비로소 피해자를 생존자로 살게 한다. 사건 자체가 없던 때로 되돌릴 수는 없어도 적어도 피해자의 시간을 넘어서게 할 디딤돌이 되기에 충분한, 지극히 당연한 이 말이 우리에게 전해지기까지 참 오랜 시간이 걸렸다.

괜찮아지겠지 기다리고 살다가
깨달은 거이 뭔지 아네?
그런 날은 안 온다. 억지로 안 되는
거는 그냥 두라. 애쓰지 말라.
슬프고 괴로운 건 노상 우리 곁에
있는 거야.

유보라
『그냥 사랑하는 사이』
JTBC, 2017

한 인간의 죽음은 사적인 일이지만, 어떤 죽음은 사회적인 사건이기도 해서 어떤 형태로든 동시대인과 사회에 영향을 미친다. 『그냥 사랑하는 사이』는 12년 전 '스페이스S몰' 붕괴 사고에서 출발한다. 그 현장에 있다가 여동생 연수를 잃은 문수, 아버지를 잃은 강두, 건물 붕괴의 책임을 뒤집어쓰고 자살한 건축가의 뒤를 이어 건축가가 된 아들 주원. 서로 모르는 사이인 이 세 명은 그날 같은 장소에서 재난을 당했다. 12년 후, 이들은 그 붕괴 현장에서 다시 만나게 된다. 그 12년 동안 많은 것이 변했다.

문수의 아버지는 딸을 잃은 충격에 세상을 떠나고 어머니는 알콜의존자가 되어 딸의 사망 보상금으로 차린 목욕탕을 근근이 운영한다. 강두는 붕괴 현장에서 기적적으로 생환했지만 다리에 철심이 박혀 3년 동안 재활 치료를 받아야 했다. 그러는 사이 집은 풍비박산이 나고 재활 치료를 끝낸 그는 부모가 남긴 빚을 갚으려고 밑바닥 인생을 전전한다. 주원은 당시 쇼핑몰이 붕괴한 진짜 원인을 찾고자 아버지의 설계도를 그대로 재현하려고 한다.

이 이야기는 '삼풍백화점 붕괴 사건'을 떠오르게 하지만, 우리가 경험한 사회적 재난인 성수대교 붕괴, 세월호 참사 등도 생각나게 한다. 이 드라마는 제목처럼 '그냥' 사랑하는 사람들에 관한 이야기이기에 앞서 재난 이후를 사는, 남겨진 사람들에 관한 이야기다.

어떤 죽음은 영원한 현재이다. 누군가는 그런 죽음에 부채감을 지고 살지만 또 누군가는 "이제 그만 잊으라"라며 그 죽음을 삭제하고 싶어 한다. 그게 가능할까? 그런 일은 불가능하다고 극 중의 약쟁이 할머니는 말한다. 그럴 때 우리는 무엇을 해야 할까? 드라마는 말한다. 슬픔과 괴로움은 늘 있는 것이니 힘껏 사랑하고 재미나게 살며 버티라고.

삶은 고해다.
하지만 우린 언제나
거침없이 하이킥!

송재정·이영철·이소정·최정현·방봉원
『거침없이 하이킥』
MBC, 2006

OTT 플랫폼 웨이브에는 종영한 드라마를 온종일 틀어 주는 채널들이 있다. 그중 '하이킥' 채널을 음악 대신 틀어 놓고 소소한 집안일 하는 걸 좋아한다. '하이킥'은 내가 가장 좋아하는 시트콤 시리즈다. 아직도 문희가 아들 준하를 위해 만든 '방귀도감'을 떠올리면 웃음이 나고, 세경이 준혁의 팬티를 빨아 놓고 "준혁 학생, 팬티 빨아 놨어요" 하고 해맑게 외치는 장면이 생생하다. '하이킥'뿐 아니라 멜로, 로맨스, 수사극 등 많은 장르를 통틀어 시트콤 장르를 가장 좋아한다. 『순풍 산부인과』 『웬만해선 그들을 막을 수 없다』 『남자 셋 여자 셋』 『세 친구』 『올드미스 다이어리』 『안녕, 프란체스카』 등 많은 시트콤이 내 일상에 유쾌하게 머물다 흘러갔다. 시트콤이라면 묻지도 따지지도 않고 보던 시절이 있었다. 얼마나 좋아했던지, 유럽 여행을 앞두고도 그 기간 동안 『감자별 2013QR3』을 보지 못한다는 게 서운할 정도였다.

생각해 보면 시트콤 자체를 좋아하기도 했지만, 그걸 보는 시간을 사랑했던 것 같다. 힘든 하루를 마치고 귀가해 20~30분 남짓 피식피식 웃다가 울고 나면 하루가 말끔하게 정리되며 숙면을 취할 수 있었다. 내게 시트콤은 한껏 달아오른 삶의 온도를 적절하게 낮춰 주는, 사막 한가운데에서 만나는 오아시스 같은 존재였다. 그런데 2014년 이후 시트콤은 '멸종위기종'이 되었다. 왜 점점 사라지는 걸까? 여러 요인이 있겠지만 시대의 강퍅함과 우울함이 더는 시트콤에 자리를 내 주지 않게 된 탓은 아닐까 짐작해 본다.

나는 여전히 시트콤의 부활을 기다린다. 맥주 한 캔 마시며 시트콤 한 편 보고 아직 사라지지 않은 웃음기를 간직한 채 잠드는, 느긋한 일상의 부활을 기다린다.

뉴스 속보입니다. 국방부는
조금 전 10시 17분, 미 국방성
발표를 인용해 소행성 2013QR3가
예상 진로를 이탈해 빠른
속도로 지구로 근접하고 있다고
발표했습니다. (……) 충돌 시
그 피해는 예상할 수조차 없습니다.

이영철·이광재·장진아
『감자별 2013QR3』
tvN, 2014

『감자별 2013QR3』는 '2013QR3'로 명명된 소행성이 궤도를 이탈하여 지구와 충돌할 위기에 처하면서 예측 불가한 상황에 놓인 노씨 일가의 일상을 그린 시트콤이다. 가까스로 소행성과의 충돌은 피했지만, 그날 이후 사람들은 '일상과 멸망'이 공존하는 삶을 살게 된다. TV 뉴스에서는 매일 행성 캐스터가 '오늘의 행성' 소식을 보도하고, 사람들은 "언제 죽을지도 모르는데……"라는 말을 숨 쉬듯 한다.

'2013QR3'와 지구가 충돌한다는 뉴스 속보가 세상을 발칵 뒤집은 순간, 우연히 함께 별을 보던 나진아와 홍혜성 또한 패닉에 빠진다. 놀라고 절망하는 나진아를 바라보던 홍혜성은 그녀를 안심시키려는 듯 입을 맞추고, 둘은 첫 키스를 나눈다. 죽음이 코앞에 들이닥쳤는데 키스라니!

2013년에 방영된 『감자별 2013QR3』 속 상황이 그 이후 실제 우리가 살아갈 세상에 관한 징후였나 싶은 정도로 지금 우리는 일상과 멸망이 공존하는 삶을 살고 있다. 반복되는 사회적 참사, 드라마인가 싶은 비현실적인 사건과 사고, 지진과 코로나바이러스와 같은 자연 재난이 마치 궤도를 이탈해 돌진하는 행성처럼 우리 일상과 맞닿아 우리 영혼을 납작하게 하는 느낌이다. 어떤 날은 그래도 살아볼 만하다 싶고, 어떤 날은 불안과 두려움이 일상을 집어삼킨다. 그럴 때 나진아와 홍혜성의 '멸망 키스'를 떠올리곤 한다. 인생의 마지막 순간에 무엇을 하면 덜 후회할 수 있을까? 어떻게 하면 이 무거운 멸망의 무게를 견디며 살 수 있을까? 멸망과 사랑이란 어쩐지 안 어울리는 것 같지만, 멸망 옆에 사랑이 놓여야 비로소 안심이 되는 순간들이 있다. 세계와 삶에 대한 비관적 전망이 가득한 지금이야말로, 사랑이 필요한 때가 아닐까?

다 좋지만 저희는 서로 사랑하는 게
제일로 좋아요. 이 험한 세상에.

정성주
『풍문으로 들었소』
SBS, 2015

'봄'은 어느 날 느닷없이 들이닥쳤다. 누대에 걸쳐 '갑'으로 살아온 대형 로펌 대표 한정호와 전직 장관 딸 최연희는 '그랜드한 품격'을 중요시하는 대한민국 1퍼센트 상류층이다. 그런 부부의 집에 중산층도 아닌 몰락한 서민 가정의 아이, 서봄이 아들 한인상의 아이를 가졌다며 갑작스레 들이닥쳤다.

"고등학생 신분으로 아이를 낳은 주제에 너는 수치심도 없니?"라는 말에 "수치심은 제가 이겨 낼게요"라며 말간 얼굴로 또박또박 대꾸하는 봄과 이 험한 세상에서 서로 사랑하는 게 제일 좋다며 해맑게 고백하는 인상을 당할 재간이 없던 한정호와 최연희는 그들에게 '명료한 세계관'을 알려 주기로 한다. 명료한 세계관이란, A와 B를 이기려면 이보다 힘센 C가 있어야 한다는, 힘의 논리에 입각한 세계관이다.

봄은 일단 그 세계관을 따르면서 '갑'의 세계에 차츰 적응하는 듯하지만 이내 여러 계기를 통해 스스로 각성하고, 안락하고 편리한 갑의 세계관을 거부한다. 대신 자신의 명료한 세계관을 새롭게 정립하고 그에 따라 살고자 한다. 한정호 방식의 명료한 세계관이 끝내 봄을 설득하지 못한 것이다. 그러니 『풍문으로 들었소』는 단순화하자면, 명료한 세계관과 명료한 세계관의 싸움인 셈이다. 봄과 인상은 그렇게 '상속'을 거부하며 아버지의 집을 탈출해 새로운 세계를 구축한다.

부모 세대가 힘의 논리에 의한 세계관을 강요할 때, 자녀들은 사랑의 힘을 믿으며 부모 세대의 세계관을 이길 대안을 만들려 애쓴다. "자본주의 사회를 지탱하는 근본 원칙과 사랑의 원칙은 결코 양립할 수 없다"라던 에리히 프롬의 말처럼 권력과 자본에 의한 세계관이 우세하고 사랑의 불가능성을 이야기하는 시대가 되었지만, 사랑하기를 주저하지 않는다면 사랑이 진정한 혁명일 수 있다는 걸 서봄이 알려 주었다.

이게 너희들의 시대구나.

권도은
『스물다섯 스물하나』
tvN, 2022

어느새 카메라 앱의 '필터' 기능을 사용하지 않으면 사진 찍기가 저어될 정도로 '필터 의존도'가 높아졌다. 적절하게 뽀얘져 미화된 결과물을 보면 약간의 죄책감이 느껴지지만, 그래야 무너지고 늘어진 자존감이 '리프팅'되는 것 같기도 하다.

『스물다섯 스물하나』는 필터 기능을 최대치로 사용해 찍은 사진처럼, 한 시절의 청춘을 빛나고 아름답게 복원한 드라마다. 그 시절이 마냥 그랬을까? 드라마의 주된 배경이 된 시대는 1998년 IMF 시절이다. 많은 사람의 삶과 꿈이 무너졌던 시대이고, 개인의 역량과는 무관하게 많은 기회가 시대에 휩쓸려 상실되었다. 백이진의 가족은 아버지가 운영하던 건설 회사가 망해 뿔뿔이 흩어지고, 나희도가 속한 펜싱부는 예산 때문에 하루아침에 해산된다. 자신의 꿈이 사라질 위기에 처한 나희도의 항의에 펜싱부 코치는 말한다. "네 꿈을 뺏은 건 내가 아니야. 시대지." 반면 시대는 기회가 되기도 한다. 국가대표 선발전에 IMF로 인해 결원이 생겨 나희도가 출전하게 된 것. 그때 펜싱부 코치는 나희도에게 말한다. "시대가 니를 돕는다, 나희도."

『스물다섯 스물하나』에 유난히 자주 등장하는 시대라는 단어를 곰곰이 생각한다. 우리가 겪는 많은 상황이 절망이자 기회라는 양면의 속성을 가지고 있듯, 어떤 이들의 시대는 참으로 낡고 닫힌 세계지만, 어떤 이의 시대는 활짝 열려 어딘가로 끊임없이 연결된다. 그래서 이 드라마는 할머니와 어머니, 손녀가 함께 자신의 시대를 살아가는 구조로 전개된다. 특히 할머니가 취업으로만 수렴되는 꿈이 과연 필요하냐는 손녀의 말에 "그러게. 이게 너희들의 시대구나"라고 지그시 이야기하는 장면이 인상적이었다. 이제는 '우리들의 시대'만 미화시켜 회고하는 것을 넘어 '너희들의 시대'도 눈여겨볼 수 있게 되었다는 의미 아닐까?

성공은 멍청한 스승이지 결코
훌륭한 스승은 아니야.

서숙향
『미스코리아』
MBC, 2013

엘리베이터 안내원 오지영은 IMF의 영향으로 희망퇴직을 당하고 벼랑 끝에 매달린 심정으로 미스코리아 대회에 참가한다. 오지영의 첫사랑 김형준은 IMF 여파로 망한 회사 '비비화장품'을 살리려고 오지영을 돕는다. 김형준이 빌린 사채 빚을 수금하려면 비비화장품을 살려야 하는 '부활캐피탈' 정 선생도 절박하기는 마찬가지다. 그러나 간절하고 절박하다고 하여 그 기회가 성공으로 이어지는 것은 아니다. 권력과 자본의 힘이 판을 뒤흔들고, 불공정이 뻔뻔하게 얼굴을 들이밀고, 변질된 희망이 동료를 배신하게 하기 때문이다. 결국 오지영은 강자만이 살아남는 무한 경쟁 사회의 룰과 그 사회에 적응해야만 살아남을 수 있다는 냉정한 게임의 법칙을 깨달으며 뼈아픈 실패를 맞는다.

실패한 도전은 무엇을 남길 수 있을까? 오지영은 실패를 훌륭한 스승으로 만들며 자기만의 방식대로 강자들이 가득한 정글을 헤쳐 나간다. 1등이 목표였지만 '오지영다움'을 잃지 않으며 그의 (적대적) 동료들과 '가치 공동체'를 이루어 1등보다 더 소중한 순간을 만들어 낸 것이다. 그런 소중한 순간을 만들어 낼 수 있다면 평생 기억될 순간이 반드시 1등의 순간일 필요는 없을 것이다. 『미스코리아』는 오지영과 그의 동료들의 실패를 통해 무한 경쟁 사회가 요구하는 전형적 성공이 아닌 공동체적 승리라는 '다른 길'을 제시하며 호응을 얻었다.

한동안 보이지 않던 오디션 프로그램이 다시 유행하고 있다. 보다 보면 어쩐지 능력주의 시대를 상징하는 것 같아서 씁쓸하지만, 출연자들을 응원하는 마음으로 챙겨 보게 된다. 이왕이면 내가 응원하는 도전자가 1등을 하면 좋겠지만 최선을 다한 후 퇴장하는 이에게는 아낌없이 박수를 보낸다. 오디션에서의 실패도 누군가에게는 훌륭한 스승이 될 수 있으니까.

아버지 나는 지금 잘못 지은 집처럼
아주 천천히 무너지고 있어요.

김지혜
『인간실격』
JTBC, 2021

이십 대에는 마흔이 되면 나의 미성숙과 불완전함이 어느 정도 해결될 줄 알았다. 그때가 되면 잘 모를 것도, 애매모호한 것도 안개 걷히듯 사라져 모든 것이 선명해질 줄 알았다. 마흔이 되고 보니 그런 단단한 사람은커녕 여전히 어리석고 허물어질 것 같은 위태로운 사람 하나가 덩그러니 서 있었다.

이십 대는 이십 대라서 불안하고, 삼십 대는 삼십 대라서 버겁고, 사십 대는 온갖 이유로 당황스럽다. 숨 가쁘게 달려오느라 영혼은 어디선가 잃어버리고 몸만 서둘러 온 느낌이다. 오십 대가 되면 조금 나아지려나? 선배들의 이야기를 들어 보면 그렇지도 않다. 그렇다면 인간은 대체 언제 온전해질 수 있을까?

"인생 뭘까?" 하던 시절에 『인간실격』을 만났다. 마흔의 대필 작가 부정. 좋은 작가가 되고 싶었으나 자신의 글이 아닌 남의 글을 대신 쓰고 있다. '정이 많은 부자'가 되라고 아버지가 지어준 이름과 맞지 않는 삶을 살고 있는 것 같다. 그래서 종종 "세상에 태어나서 아무것도 못 됐어"라고 자책한다. 스물일곱 청년 강재. 부자가 되고 싶어 역할 대행 서비스 등 온갖 일을 닥치는 대로 해 보지만 "아무것도 되지 못할 것"같은 두려움에 사로잡혀 산다. 그들은 스스로를 실격된 존재라 여기지만 사실 누구보다 조금이라도 나은 인간이 되려 고민하는 존재들이다.

부정과 강재의 눅눅한 슬픔을 엿보며, 결국 아무것도 못 된 자책과 아무것도 되지 못할 것 같은 두려움 사이를 반복하며 사는 게 인생이려나 생각했다. 그렇기에 어쩌면 평생 누군가의 인생을 대신 쓰는 대필 작가처럼, 누군가의 할 일을 대신 하는 대행 서비스 직원처럼 남을 바라보며 허우적거리는 게 아닐까? 그렇게 남이 되려 무언가를 하느니, 차라리 아무것도 되지 않는 나로 사는 게 낫겠다고 생각한다면 너무 어리석은 걸까 싶지만, 그리 나쁘지도 않은 것 같다.

뭔가를 계속하는 사람들은
결과가 어떻든 그만큼 자란다.

박상문·김현철
『은주의 방』
올리브, 2018

늦은 나이에 독립을 하고 가장 신경을 쓴 건 엄마가 때마다 정해 준 이불, 각종 행사명이 박힌 수건, 명절 선물로 받은 샴푸와 치약과 비누 등 내 취향과 맞지 않은 세면용품, 화려한 그릇 같은 것들과 절연하는 일이었다. 알록달록한 엄마의 색깔로부터 벗어나고 싶었던 나는 독립 후 무채색과 민무늬에 집착했다. 물론 아빠가 주워 온 책장, 멀쩡한 걸 아깝게 왜 버리냐는 말에 차마 버리지 못한 체리빛 서랍장이 버티고 있었지만, 그 외 내가 정할 수 있는 것들은 고집스레 내 돈으로 내가 샀다. 그 과정에서 알게 되었다. 취향을 가지는 일이란, 나의 존엄을 지키는 일이라는 사실을.

『은주의 방』이라는 제목처럼 번듯한 집을 갖기 어려운 사람들에게는 '방'을 어느 만큼 내 취향껏 채울 수 있는가의 문제가 세계 평화만큼 중요한 일이 되었다. 그래서 자신의 공간을 리모델링하거나 정돈하는 정보를 공유하는 사이트에는 오늘도 '온라인 집들이' 사진이 올라오고 호응도 뜨겁다. 단지 방을 꾸미는 것이지만, 우리는 안다. 자신만의 공간을, 자신의 취향대로 꾸미고, 그걸 유지하는 게 얼마나 어려운 일인지. 그렇기에 자신만의 공간이 생기면 그만큼 책임감도 생긴다. 적어도 그 공간에서만큼은 내가 주인이고 가장이기 때문이다.

독립생활이 나에게 준 또 다른 변화는 뭔가를 계속하는 사람이 되었다는 것이다. 작은 물건이라도 내가 관리하지 않으면 금세 망가진다. 독립을 축하한다며 후배가 보내 준 올리브 화분은 내가 아니면 말라 죽을 것이다. 그러니 퇴근 후 혹은 주말에는 침대에 널브러지려는 관성에 저항해 애써 몸을 일으켜 부지런히 공간을 정리하고 식물을 돌본다. 이런 수고가 꽤 귀찮을 줄 알았는데 썩 괜찮다. 내 몸을 움직여 내 취향을 지키고 일상을 구원한다는 보람이 이렇게 클 줄 독립 전에는 몰랐다.

끼니를 스스로 챙길 줄 알아야
진정한 어른이 되는 거거든.

손은혜·박세은
『달리와 감자탕』
KBS2, 2021

엄마가 수술을 받게 되었다. 최소 2개월 이상은 병원에서 재활 치료를 해야 하는 큰일이었다. 엄마의 입원은 함께 사는 아빠에게도 큰일이 되었다. 엄마가 입원하기 전, 최대한 살림을 정돈했지만 결국 홀로 남겨진 아빠가 감당해야 할 몫이 커진 것이다.

가족의 우려와는 달리 엄마가 없는 동안 아빠는 잘 지냈다. 청소는 로봇 청소기가 알아서 해 주고, 빨래는 세탁기가 담당했다. 요리사 출신이니 매 끼니 먹을 만큼의 솥 밥을 지어 평소 먹고 싶었던 반찬을 해 먹는 건 일도 아니었다. 매일 근처 산책을 다니거나 집의 화초를 가꾸고, 이틀에 한 번 정도 엄마 병문안 가서 수다 떨고 오는 것으로 일과를 보냈다. 오히려 자식들이 호강했다. 주말 저녁이면 본가에 불려가 보리 된장국, 백숙, 꽃게찜, 전복찜, 콩나물 돼지고기볶음, 해물 칼국수 등 아빠가 해 준 음식을 편히 얻어먹었다. 아빠가 살림하는 것을 보며 집안일을 자동화하고, 스스로 살림하는 능력을 기르는 일은 여성과 남성 모두에게 이로운 일이라는 걸 더 선명하게 깨닫게 되었다.

많은 이들이 어른의 기준을 나이나 신체적 조건에 두지만, 『달리와 감자탕』 속 진무학의 말처럼 "끼니를 스스로 챙길 줄 알아야" 어른이라고 생각한다. 물론 그럴 수 없는 상황인 이들도 있겠으나 단지 남성으로 태어났다는 이유로 부엌을 멀리하는 걸 당연하게 여기고, 살림하는 사람을 집에서 노는 사람 취급하며 멸시하는 문화를 반성 없이 반복하는 낡은 문화는 주체적이고 독립적인 개인을 길러내기에 적합하지 않다.

전 여자니 남자니 골치가 아파서
잘 모르겠습니다. 전 사람입니다.
그러니까 사람한테 질문을
해 주시면 정말 감사하겠습니다.

송지나
『카이스트』
SBS, 1999

050

K가 대학원 면접시험을 볼 때의 일이다. 교수들은 그에게 학업 계획에 관해서는 묻지 않았다. 기혼여성인 그가 어떻게 학비를 조달할 예정인지, 자녀 양육과 살림과 학업을 어떻게 병행할 것인지, 남편이 조력할 수 있는지에 관해서만 질문했다. K는 질문의 불쾌함을 소신껏 말했고 결국 불합격 통보를 받았다.

나도 비슷한 경험을 했다. 모 단체의 입사 면접을 볼 때 내가 받았던 질문은 업무에 관한 것이 아니었다. 당시 교제하던 애인과 결혼할 계획이 있는지, 결혼하면 어떻게 그를 내조할 예정인지에 관한 것이었다. 황당했지만 최대한 '사회력'을 발휘하여 모나지 않게 대답한 기억이 난다. K와 나뿐 아니라, 많은 여성이 자신의 능력이나 직무와 관련된 지식을 보여 줄 기회도 없이, 사적인 영역에 강제로 놓이는 불쾌한 경험을 할 때가 많다.

카이스트 학생들의 이야기를 담은 『카이스트』에서도 마찬가지다. 대학원 진학을 앞두고 기계과에 지원한 자현은 면접에서 이상한 질문을 받는다. "결혼은 언제 할 생각인가?" 이 질문이 기계 공부를 하려는 공학도와 무슨 상관이 있는 걸까? 결혼에 관해 생각해 본 적 없다는 자현에게 교수는 말한다. 여학생은 결혼하면 학업을 포기하기 일쑤니 '나랏돈'으로 운영하는 학교 입장에서는 국고 낭비라고. 황당해하는 자현에게 교수는 이어서 묻는다. 남학생과 둘이 밤늦게까지 연구실에 있으면 무섭지 않겠느냐고. 반박하는 자현에게 교수는 비웃듯 말한다. 여자는 남자한테 힘으로 당할 수 없다고. 이런 차별적 말에 자현은 "여자도 사람"이라는 지극히 상식적인 말로 반박한다.

교수와 자현의 대화는 지긋지긋한 관절염처럼 20년도 넘게 반복되는 이야기다. '괴담'은 흥미롭기라도 하지, 이런 대화는 너무 후져서 어디 써먹을 데도 없다는 걸 그들만 모른다.

내가 욕망에 눈이 멀면 왜
안 되는데? 뭐 부모님 원수를
갚거나 전남편한테 복수하거나
그런 이유를 기대하는 거야?
내 욕망엔 계기가 없어.
내 욕망은 내가 만드는 거야.
상상도 못 했겠지만.

권도은
『검색어를 입력하세요 WWW』
tvN, 2019

한국 사회는 여성의 욕망을 긍정적으로 보지 않는다. 아니 오히려 불온하고 불길하게 여긴다. 그렇기에 사회는 여성을 결혼, 출산과 양육, 살림의 균형이라는 딜레마에 빠지게 한다. 이 딜레마에 빠진 여성들은 끊임없이 양자택일을 강요받곤 했다. 결혼할래, 계속 일할래? 정말 아이 안 키우고 직장 계속 다닐 거야? 살림도 제대로 못하면서 무슨 일을 한다고!

그렇게 사회가 요구한 '여성의 길'을 벗어나 성공과 권력을 지향하며 유리천장을 뚫어 버리는 여성에게는 '욕망의 화신'이라는 이미지를 덧씌워 기어이 독한 여성으로 만들거나, 스캔들의 주인공으로 만들었다. 그리고 무언가를 욕망한 죄로 그들의 결말은 늘 파국이거나 고난의 행군이었다.

그게 아니라면 그럴 수밖에 없는 계기라도 부여했다. "당신 부숴 버리겠어!"라며 자신을 배신한 남자에게 복수해야만 한다든가, 가족의 원수를 갚아야 한다든가. 마치 그런 사연 하나쯤은 있어야 여성의 욕망이 당위성을 가지는 것처럼 말이다. '가부장제가 허락한 여성의 욕망' 같은 건가?

과거의 여성들에게 "여성도 인간이다"라는 선언이 필요했다면, 지금의 여성들에게 필요한 선언은 "여성도 욕망하는 인간이다"가 아닐까? 그런 의미에서 『검색어를 입력하세요 WWW』에서 IT업계에 종사하는 직장인 여성 배타미가 자신을 모욕하는 국회의원에게 한 일갈은 이전과는 다른 여성 서사를 연 선언과도 같은 말이다. 배타미뿐 아니라, 배타미와 선의의 경쟁을 펼치는 동료 차현, 친정 부모 때문에 '시댁의 개'가 되어 살아야 했던 송가경, 이 세 사람 모두 자신의 욕망을 감추거나 포기하지 않고 당당하게 실현하는 여성들이다. 모든 여성은 원래 욕망하는 존재였다. 누군가는 상상도 못 했겠지만.

예나, 선정이 딸이에요.

원영옥
『사랑했나봐』
MBC, 2012

『검색어를 입력하세요 WWW』(일명 '검블유') 속 IT 기업 소셜 본부장, 차현은 아침 드라마 마니아다. 아침 운동을 할 때나 출근 준비를 할 때나 쉬는 날에도 늘 아침 드라마와 함께한다. 그가 보는 드라마 '장모님이 왜 그럴까'는 정통(?) 막장 드라마다. 딸의 애인 추민혁이 딸을 죽이고 재벌가 여성과 결혼하자 박민숙은 딸의 복수를 위해 전신 성형을 하여 추민혁 아내의 아버지와 결혼한다는 설정인데 이후 펼쳐지는 황당한 스토리가 오히려 시청자의 웃음을 유발해 검블유 팬들에게도 인기가 높았다.

차현이 이 드라마를 열심히 보는 장면에서, 출근 준비를 하며 아침 드라마를 꼬박꼬박 챙겨 보던 나의 과거가 생각났다. 물론 헛웃음 날 정도로 개연성 없는 스토리, 심하게 조악한 배경, '김치 싸다구' 같은 황당한 설정이 거슬리기는 했다. 그러나 한번 시작하면 끝까지 몰입하게 되는 매력, 어느 회차부터 시청해도 내용이 이해되는 익숙함, 저렇게 이상한 사람들이 사는 세상도 있는데 내가 사는 세상은 얼마나 '순한 맛'인가 싶은 뜻밖의 안도감을 선물로 받는 즐거움이 더 컸다. 그렇게 30분 남짓 아침 드라마를 복용(?)하고 나면 하루를 살아갈 에너지를 얻곤 했다. 지금은 아침 드라마를 볼 수 없지만, 가끔 '파이팅' 넘치던 그 시절이 그립기도 하다.

"예나, 선정이 딸이에요"라는 대사와 그 대사를 듣고 충격받은 남자 배우의 입에서 주르륵 오렌지 주스가 흐르던 장면은 특히 잊지 못한다. 드라마의 흐름을 바꾼 결정적 장면이자 『아무튼, 아침 드라마』라는 책의 표지로 쓰일 정도로 아침 드라마의 상징처럼 각인된 명(?)장면이다. 대부분이 영상 클립이나 패러디 '짤'로 만났을 이 장면을 무려 실시간으로 본 영광을 누렸다는 게 드라마 덕후로서 내가 가진 은근한 자부심이다.

사는 집이 그 사람 인격이고
권력인 세상이잖아요.

김순옥
『펜트하우스』
SBS, 2020

막장 드라마는 의도치 않게 사회의 낡은 관습과 체제의 모순을 과격하고 파격적으로 드러낼 때도 있다고 의미 부여를 해 보지만, 솔직히 '이걸 끝까지 봐야 하나' 회의감이 들 때가 많다.

막장 드라마는 대략 이런 특징을 가진다. 첫째, 개연성이 없다. 개그 프로그램을 보며 웃다가 급사하는 인물이 나올지언정 맥락과 의미는 찾기 힘들다. 둘째, 닥치고 믿어야 한다. 얼굴에 점 하나 찍고 전혀 다른 인물이라 우겨도 의심하면 안 된다. 셋째, 선정적이다. 그리스 신화나 성경이 그러하듯 인간의 이야기는 태생적으로 선정적이라 막장 드라마도 그렇다. 넷째, 반사회적이다. 비윤리적이고 반사회적인 풍경 너머 심지어 초현실적이기까지 한 세상을 태연하게 그린다. 과거에 자신이 버린 딸을 며느리로 맞이하려는 술수가 애틋한 모성애로 여겨지기도 하고 '암세포도 생명'이라며 치료를 거부하는 인물이 버젓이 등장하기도 한다. 다섯째, 반가족주의다. 막장 드라마에 등장하는 우리나라 기업의 오너나 재벌은 거의가 '깨진 가정'의 구성원이다. 아버지는 대놓고 불륜을 저지르고 어머니는 아이를 포기하곤 한다. 혼외 자식인 주인공과 배다른 자식들의 재산 다툼을 위한 암투는 비일비재하다.

결국 막장 드라마가 드러내는 것은 권력과 돈이 지배하는 세상이다. 그 세상에서 살아남아 승리하려고 막장 드라마 속 인물들은 자신의 욕망을 위해 배신과 복수를 끊임없이 반복하고 변주한다. 드라마 『펜트하우스』 속 상위 1퍼센트의 아파트 '헤라펠리스'는 "사는 집이 그 사람 인격이고 권력인 세상"의 축소판이자 이제껏 막장 드라마가 보여 준 모든 (부정적) 요소가 집약된 공간이다. 3시즌, 48회에 걸쳐 한껏 막장의 방식으로 풀어 놓은 이야기가 결코 비현실적으로만 느껴지지 않으니 지금 이 세상도 막장인 것인가.

넌 이제 구시대 신데렐라
레퍼토리와 계속 싸우게 될 거야.
사람들은 네가 신은 유리구두가
깨지길 바랄 거고. 세상의 편견에
맞설 용기가 있는지 스스로 물어봐.
너 자신보다 더 소중한 것은 없어.
네가 다치지 않는 결정을 하길 바라.

백미경
『마인』
tvN, 2021

재벌가를 중심으로 한 막장 드라마는 한국 드라마에서 흔한 레퍼토리다. 『마인』도 그런 레퍼토리를 반복하는 것 같지만 오히려 과거 패러다임과의 전쟁에 관한 이야기다. 주인공들이 모여 사는 '효원가家'는 세련되고 모던한 저택이지만 그 내부가 작동하는 방식은 지극히 낡고 전근대적이다. 혈통이 중요시되는 그 세계에서 적자가 아닌 둘째 아들 한지용은 자신의 핏줄인 아들을 자신의 것(mine)으로 취급하고, 자기와 관계 맺은 여성들은 그 아들을 위한 도구로 여긴다. 또한 그룹 후계 구도에서 경쟁 관계에 있는 형수 정서현의 성 정체성을 약점 삼아 자신에게 유리한 카드로 활용한다. 이런 상황은 가부장적인 과거 패러다임에 속하는 일들이다.

그에 반해 효원가 여성들은 처음에는 서로에게 적대적이었으나 서로의 고통에 공감하며 과거 패러다임에 대항하고자 연대한다. 그중 인상 깊었던 장면은 정서현이 자신의 아들과 연애하는 메이드 김유연에게 충고하는 장면이다. 과거의 드라마적 흐름이라면 돈 봉투를 던지거나 물을 뿌리거나 해고하는 식으로 전개되었을 법한데, 정서현은 같은 여성으로서 김유연에게 진심을 담아 충고한다.

"구시대 신데렐라 레퍼토리"로 통칭되는 추하게 늙고 낡은 과거 패러다임에 누가, 어떻게 대항하며 새로운 이야기를 써 내려가야 하는지 선명하게 드러낸 이 말. 남성 가부장들은 자신의 세계를 지키려고 자신보다 약한 이들을 소유물로 여기며 함부로 대하지만, 그에 대항하는 이들은 서로의 명예를 지키기 위해 용기를 내고 연대하며 새로운 이야기를 시작한다. 그렇게 견고한 세계는 무너지고, 낡은 것은 비로소 과거가 된다.

지금 내가 해야 할 일은 명백하다.
열심히 케이크를 굽고 열심히
사랑하는 것. 오늘이 마지막인
것처럼 한 번도 상처받지 않은
것처럼 나 김삼순을 사랑하는 것.

김도우
『내 이름은 김삼순』
MBC, 2005

여자 형제가 없어서인지 언니들을 좋아한다. 나보다 나이가 많은 언니도 좋고, 나보다 어리지만 멋있는 언니도 좋다. 멋있는 여성의 기준은 무엇일까? 황선우는 인터뷰집 『멋있으면 다 언니』에서 "다양한 분야에서 일하며 고유의 성취를 이루어" 내거나, "계속되는 질문을 마주하면서도 하고 싶은 일에 대한 애정 또는 책임감을 동력"으로 삼는 "개척자"를 멋있는 언니, 일명 '멋언니'로 그려냈다. 여기에 하나의 기준이 더 붙는다. "불안과 자기 불확실의 시기를 관통하면서 실패와 실수까지도 고스란히 겪고 고유한 삶의 무늬로" 만들어 낸 사람. 그러니까 한 번도 실패하지 않은 슈퍼우먼이 아니라 무수한 실패마저 자기 삶의 무늬로 만들 수 있는 사람이 멋있는 언니라는 것이다.

내 곁에 그런 언니들이 많다. 누가 봐도 괜찮은 직업과 연봉, 출중한 능력을 갖춘 높은 산 같은 언니들도 있는데, 내가 좋아하고 닮고 싶은 언니는 자신이 가진 것으로 주변을 이롭게 하는, 야트막하여 '오름 직한 동산' 같은 언니들이다. 자신의 약점과 실패를 미워하기도 하지만 끝내 긍정하고 자신뿐 아니라 주변 사람까지 사랑하는 언니들도 좋다. 30대 이후 나의 삶은 그런 언니들처럼 누군가에게 멋있는 언니가 되기를 감히 희망하며 애를 쓴 삶이었다고 해도 과언이 아니다.

『내 이름은 김삼순』도 그런 언니다. 완벽하기는커녕 어딘가 찌질하여 안쓰럽지만, 어느새 툭툭 털고 일어나 자신에게 주어진 길을 가는 다정하고 웃기고 멋진 언니. 삼순 언니는 내가 좋아한 현실 속 언니들과 가장 가깝게 여겨지는 언니였다.

쓸쓸한 빈집에서 죽어 가는 것보다
나한테 한 열흘 구박당하면서
명 재촉하는 게 낫지 않아요?

김인영
『착하지 않은 여자들』
KBS2, 2015

‘여적여’라는 말이 있다. ‘여성의 적은 여성’이라는 말이다. 질투나 욕망 때문에 같은 여성을 위험에 빠뜨리는 여성이 존재할 수 있다. 물론 그렇지 않은 경우도 허다하다. 그래서 ‘여돕여’라는 말을 쓰기도 한다. ‘여성을 돕는 건 여성’이라는 의미다.

『착하지 않은 여자들』은 여성의 세계를 ‘여적여’ 구도에 가두어 섣불리 이해하거나 쉽게 편 가르지 않는다. 대신 서로를 이해할 단서를 징검다리처럼 놓아서 각자의 상처와 그로 인해 뒤틀린 자아와 관계라는 간극을 넘어 화해에 이르는 길을 보여 준다.

남성은 제대로 등장하지 않는 이 특이한 여성 공동체는 가부장 남성 사회가 가진 모순을 드러내는 공간이기도 하다. 강순옥은 남편의 외도로 평생 가슴앓이를 하고, 그 남편의 불륜 상대인 장모란은 “세컨드 집안의 천한 피”로 멸시받으며 외롭게 살다가 끝내 병을 얻는다. 강순옥의 첫째 딸 김현정은 방송국 아나운서로 주목받지만 여성 후배들과 경쟁하느라 늘 불안하고, 평생 우등생 언니와 비교당하며 산 김현숙은 엄마의 기대에 부응하려 애쓰지만 번번이 실패한다. 여기에 아들 귀한 집 막내딸로 태어나 평생 차별을 겪어 비뚤어진 채 김현숙을 괴롭혀 온 교사 나말년까지. 이 드라마에 등장하는 여성은 모두 가부장 남성 사회에서 상처 입은 존재다. 하지만 이들은 그 상처에 매몰되지 않고, 서로를 징글징글하게 여기면서도 결국 연민하고 끝내 화해하기를 선택한다. 이 여성들의 공동체에는 여성에 대한 사회적 편견도 ‘여적여’라는 부당한 프레임도 비집고 들어설 틈이 없다.

자신에게 상처를 준 남편의 ‘세컨드’ 여성이 병을 얻자 자신의 집에 함께 살자고 권하는 대책 없는 오지랖이야말로 ‘여돕여’의 끝판왕 아닐까? 모든 상황을 뛰어넘어 연대할 수 있다는 면에서 ‘의리’는 여성에게 더 어울리는 단어다.

난 니가 어떤 사람이었는지
아무 상관이 없단다.
중요한 건 니가 있어야 우리가
게임에서 이긴다는 거지.

성초이
『구경이』
JTBC, 2021

최근 몇 년 사이 가장 두드러진 한국 드라마의 변화를 꼽으라면 '여성 서사'라 할 수 있지 않을까? 그만큼 여성 서사가 늘어나기도 했고, 서사의 양상도 달라졌다. 과거에는 드라마 속 여성이 잠재적 연애 대상이거나 남성 캐릭터를 각성시키는 매개 등 제한적으로만 존재했다면 최근 드라마 속 여성은 무엇이든 할 수 있는 존재로 성장했다. 그렇다면 무엇이 여성 서사일까? 남성으로만 구성된 영역에 여성이 배치되거나, 다양한 직업을 가지거나, 연애와 결혼에서 자유로운 여성이 나오면 여성 서사일까? 중요한 것은 '여성들의 사회'가 존재하느냐 아니냐일 것이다. 여성학자 권김현영의 『여자들의 사회』 속 문장을 빌리자면, "여성이 팀의 일원이 아니라 팀 그 자체로 등장"하는 게 중요하다. "여성이 집단으로 등장해야 비로소 개인으로서 자유로울 수 있기 때문이다." 그런 의미에서 『구경이』는 여성 서사가 보여 줄 수 있는 거의 모든 것이 담긴 드라마 아닐까?

『구경이』의 주요 인물은 모두 여성이다. 해사한 얼굴을 가진 연극배우 지망생 송이경은 실은 살인을 게임하듯 즐기는 연쇄 살인마다. 그런 그를 전직 강력계 형사이지만 지금은 은둔하며 게임에만 몰두하는 구경이가 추적한다. 그런 구경이 옆에는 과거 동료이면서 그를 위험에 빠뜨리기도 하는 NT생명 B팀 팀장 구제희가 있다. 그리고 이들을 위협하는 빌런은 국내 최대 기부단체의 대표인 용숙이다. 물론 베일에 싸인 인물 산타, 구제희의 부하 직원 경수, 송이경을 돕는 건욱, 용숙의 심복 김 부장은 남성이지만 이들은 보조 역할일 뿐이다. 팀이 되었다가 적이 되기도 하고, 악연과 인연으로 이어지는 복합적 관계성을 가지는 다양한 여성들로 꽉 찬 수사 장르 드라마라니. 『구경이』는 그간 보기 힘들었던 '여자들의 사회'를 구현하며 여성 서사 가능성의 폭을 넓혀 놓았다.

1등, 2등이 경기를 지배한다지만
판을 바꾸는 건
평범한 선수들일 수 있어.

정보훈
『라켓소년단』
SBS, 2021

남자애들이 넓은 운동장을 차지하면 여자애들은 구석에 모여 응원을 하거나 고무줄놀이를 하는 게 자연스럽던 시절이 있었다. '오빠 부대' 혹은 치어리더로 존재할 뿐 선수로서의 여성은 상상하기 힘들던 시절이었다. 그러다 차츰, 운동하는 여성이 대중문화 영역에서 보이기 시작했다. "태릉선수촌이 놓친 인재" 코미디언 김민경의 운동 영상이 인기를 얻은 것을 시작으로, 여자들이 팀을 결성하여 축구하는 예능 프로그램이 인기를 끌었다. 드라마도 마찬가지다. 1994년 『마지막 승부』에서 농구는 남자들만의 운동이었지만, 2021년 『라켓 소년단』에서 배드민턴은 남학생과 여학생이 함께 하는 운동이다. 또 다른 스포츠 드라마 『스물다섯 스물하나』에서는 여학생들이 펜싱 선수로 등장해 승부를 겨루고 우정을 다진다. 이전의 예능이나 드라마에도 운동하는 여성이 존재했지만, 소재로 쓰일 뿐 중심 서사로 다뤄지지는 못했다.

이런 역동은 저절로 생긴 것이 아니다. 그저 보는 행위에서 직접 하는 행위로 운동을 새롭게 사유하게 된 여성, 단순히 몸매를 위해서가 아니라 재미와 자기 수양을 위해 운동하는 여성, 당당히 운동장에서 함께 공을 차는 여성, '꿀벅지'가 아니라 탄탄한 근육을 자랑스러워하는 여성이 있기에 생겨난 변화다.

물론 그저 한때의 유행일 수도 있다. 하지만 김혼비 작가가 『우아하고 호쾌한 여자 축구』에서 "한 사람에게 어떤 운동 하나가 삶의 중심 어딘가에 들어온다는 것은 생각보다 커다란 일이었다. 일상의 시간표가 달라졌고 사는 옷과 신발이 달라졌고 몸의 자세가 달라졌고 마음의 자세가 달라졌고 몸을 대하는 마음의 자세가 달라졌다"라고 말한 것처럼, 운동에 재미 들인 평범한 여성들이 존재하는 한 한번 바뀐 판이 쉽게 되돌아가지는 않으리라 생각한다.

좋아하는 게 잘못은 아니잖아요.
좋아하는 걸 못하고 사는 게
더 불행한 거지.

위소영
『술꾼도시여자들』
티빙, 2021

친구 셋의 공통 취미이자 특기는 술 마시기다. 밤 새워 술을 마시고 새벽에 술집에서 나와 출근하는 날이 안 그런 날보다 많다. 기쁜 날은 기뻐서, 슬픈 날은 슬퍼서 술을 마신다. 『술꾼도시여자들』(일명 술도녀)의 강지구·안소희·한지연 이야기다. 이 드라마를 본 날이면 유난히 술이 당긴다는 여성 친구들이 많았을 정도로, 술 마시는 여성을 제대로 보여 준, 여성들의 우정과 술에 진심인 드라마였다. '술도녀'를 본 날이면 좋아하는 걸 마음껏 좋아해도 되는 삶을 꿈꾸며 밤 새워 놀던, 그래도 체력이 버텨 주던 시절이 떠오르면서 동시에 여성 친구들과의 수다가 고파지곤 했다.

이 드라마는 두 가지 면에서 특별하다. 첫째, 아직 날이 밝을 때 단골 술집에 들어가서 거침없이 닭발을 뜯으며 온갖 주종의 술을 '말아서' '꽐라'가 되도록 마시고 이른 새벽에야 헤어지는 이들이 남성이 아닌 여성이라는 점이다. 별것 아닌 것 같지만 이제껏 술로 맺어지는 연대는 남성 문화로만 여겨졌기에 꽤 신선했다. 둘째, 드라마 후반부에 갑자기 돌아가신 안소희 아버지의 장례를 치르는 장면이 나온다. 장례 과정이 자세하게 나온 것도 인상적이었지만, 대표적인 가부장 문화인 장례의 중심에 여성이 있었다는 점, 상주도, 자리를 지키고 장례를 도우며 함께 슬퍼하는 이들도 모두 여성으로 채웠다는 점이 인상적이었다.

우정은 흔히 남성의 전유물처럼 여겨진다. 여성의 우정은 쉽게 깨지는 얄팍한 인연, 결혼과 출산 과정을 거치며 단절되기 쉬운 것, 엄마나 주부라는 정체성이 얽혀서 마치 '맘카페'처럼 기능적으로 맺어지는 관계로 묘사되어 왔다. 이 가운데 '술도녀'는 함께라면 무엇이든 할 수 있으며, 서로의 희로애락에 깊이 관여하고, 때때로 민폐도 끼치고 책임도 나눠지면서 시간을 쌓아가는 여성 공동체를 그 어느 드라마보다 진지하게 보여 주었다.

누가 아파트 베란다에서
이불 빨래를 툭툭 털어서 너는데
그게 너무 평화로워 보이고,
난 왜 이렇게 하루하루 미친년처럼
사나, 뭐 그런 생각이 들어서요.

이숙연
『공항 가는 길』
KBS2, 2016

일탈이라는 걸 해 본 적이 있는지 잠시 생각해 보았다. 청소년 시절, 집에서 버스로 한 시간 정도 걸리는 광화문까지 나와 교보문고와 영풍문고를 한 바퀴 돌며 문구 몇 개를 산 후, 종로에서 햄버거를 사 먹고 귀가하는 게 내가 감행했던 최선의 일탈이었다.

어른이 된 후에는 스트레스 해소용 쇼핑을 하는 것 외에 별다른 저항 없이 꼬박꼬박 집과 회사를 오갔다. 어른의 일탈은 무책임한 행동이라 여겼다. 마치 『나의 아저씨』 속 이지안이 말한 대로 "성실한 무기수"처럼 꼬박꼬박 권태를 적립하며 살았다. 그러다가 어느 해, 회사와 상의도 없이 파리행 비행기 티켓을 끊었다. 특별히 힘든 일이 있었던 건 아니다. 그저 그때가 아니면 안 될 것 같았다. 친한 후배와 함께였기에 감행할 수 있었던 소심한 일탈이었다. 다행히 회사에서도 그런 나를 이해하고 휴가를 쓰도록 배려해 줬다.

『공항 가는 길』에서 아내이자 엄마이자 항공 승무원으로 늘 빠듯하게 살던 수아도 어느 날 일탈을 감행한다. 비행 스케줄에 맞춰 출근하다 되돌아온 것. 그때 수아는 (남편이 아닌) 자신의 연인 도우를 만나 그렇게 한 이유를 말한다. 어쩌면 시시할 수도 있는 그 이유가 나에게는 온전히 이해되었다. 그때 나도 그랬다. 작은 구멍 하나에 둑이 툭 무너지듯 집으로 가는 버스에서 쪼그리고 앉아 있다가 여행을 결심했으니까. 이왕 쪼그려 앉을 거 비행기에서 쪼그리고 앉지 뭐. 이런 생각을 했던 것 같기도 하다.

그 여행에서 가장 기억에 남는 순간이 있다. 오렌지 나무가 가득한 스페인 남부 도시 세비야의 어느 카페에서 한가로이 앉아 커피를 마시던 후배가 이런 말을 했다. "햇빛에게 칭찬받는 기분이에요." 그 말을 들으며 햇빛이 내려앉은 내 머리를 가만히 쓰다듬어 보았다. 마치 스스로를 칭찬하듯. 그때 받은 따뜻한 칭찬이 여러 해가 지난 지금도 내 마음에 적립되어 있다.

주님, 예기치 못하게 우리가 서로의
손을 놓치게 되더라도 그 슬픔에
남은 이의 삶이 잠기지 않게 하소서.

이강
『오월의 청춘』
KBS2, 2021

몇 살 때인지 기억이 나지 않지만, TV에서 방영한 다큐멘터리 프로그램을 통해 오일팔민주화운동에 관한 이야기를 처음 접했다. 버스에서 끌려 나온 청년이 군인에게 무참하게 폭행당하던 장면, 쫓아오는 군인을 피해 시민들이 전력을 다해 도망가던 장면, 태극기로 덮은 시신 앞에서 중년 여성이 오열하던 장면 등이 한동안 머릿속에서 떠나지 않았다. 이후 광주를 생각하면 어쩐지 마음이 묵직했다. 나뿐 아니라 한국 사회에서 1980년 광주는 특별한 시간이고 슬픈 장소이며 깊숙이 자리 잡은 강한 트라우마 아닐까? 또한 광주는 여전히 뜨거운 정치적 공간이기에 광주를 담은 대중문화 콘텐츠는 대체로 '큰 이야기'로 채워진다. 민주화항쟁, 국가 폭력, 인권 등 다소 버거운 공적 주제들을 거론하지 않으면 왠지 그 시절을 가벼이 여긴다는 죄책감에 사로잡히기까지 한다. 그만큼 '1980년 5월'의 광주는 과거가 되지 못한 채 계속 우리 곁에 머물러 있는 것이다.

『오월의 청춘』은 다른 대중문화 콘텐츠와는 다른 결의 이야기를 한다. 역사적 비극으로 호명되거나 정치적으로 활용되어 왔던 문법을 넘어 평범한 일상과 평안하고 아름다운 사랑을 꿈꾸던 이들이 그해 어떻게 일상을, 가족을, 사랑하는 이를, 시간을, 생애를 잃게 되었는지 담담하게 그린다. 『오월의 청춘』을 통해 우리는 비로소 역사라는 '큰 이야기' 뒤에 가려진 평범한 사람들의 이야기를 만날 수 있게 된 것이다. 『오월의 청춘』의 이런 선택은 반갑다. 그해 5월 사랑하는 연인 명희를 잃은 희태가 오랜 시간이 지나서야 명희에게 담담하게 편지를 쓰게 되었듯 우리도 이제 1980년 5월의 광주를 고통스럽고 고양된 감정으로서가 아닌, 누군가에게는 '청춘'이었을 시절을 회고하듯 덤덤하게 볼 수 있게 되었다는 면에서 의미가 깊다. 더 오래 깊이 기억하려면 이런 이야기도 필요하지 않을까?

죽을 만큼 노력해서
평범해질 거야.

박연선
『청춘시대』
JTBC, 2016

『청춘시대』의 등장인물 중 어딘가 강팍해 보이는 윤진명에게 가장 마음이 쓰였다. 진명에게는 6년째 식물인간 상태로 버티고 있는, '차라리 죽었으면 하는' 남동생이 있다. 그렇기에 진명의 삶은 팍팍할 수밖에 없는데 그런 진명의 유일한 소망은 취업해서 평범하게 사는 것이다. 누군가에게는 당연하고도 지루한 삶이 진명에게는 '희망'이라는 추상명사로만 존재한다.

진명뿐 아니라 다른 하우스메이트들도 저마다 삶의 무게를 견디며 산다. 신입생 은재에게는 불행한 가정사가 있고, 예은은 불평등한 연애를 차마 끝내지 못한다. 이나는 타고 있던 배가 침몰하는 사건을 겪었다. 구조대가 올 때까지 물 위에 떠 있으려 붙들고 있던 가방 하나를 두고 다른 사람과 사투를 벌이다가 결국 '죽이고 살아남았다'는 죄책감의 무게에 짓눌려 방탕한 삶을 산다.

드라마는 첫 회부터 지원이 셰어하우스에서 귀신을 봤다는 고백으로 시작한다. 특이하게도 『청춘시대』 시즌1에 이어 방영된 시즌2에서도 '죽음'을 매개로 이야기를 전개한다. 지원의 초등학교 단짝 효진은 미술 교사에게 성폭행당한 후 불행한 삶을 살다가 스스로 목숨을 끊는다. 단짝 친구의 피해 사실을 외면했다는 죄책감에 당시의 기억을 지우고 살던 지원은 그의 죽음을 계기로 각성하여 친구를 대신해 교사의 악행을 고발한다.

『청춘시대』에서 귀신과 죽음은 청춘의 내면을 들여다보게 하는 메타포다. 청춘들 곁을 맴도는 '살해당한 영혼'은 어쩌면 청춘이 고스란히 끌어안고 살아야 하는 '빚'과 같은 존재 아닐까? 누군가의 목숨에 빚진 삶, 도저히 갚을 수 없는 빚더미를 끌어안고 사는 삶. 청춘들이 그런 현실에 살해당하지 않으려고 선택한 방식은 의외로 단순하다. 살기 위해 용기를 내고, 서로의 상처를 보듬으며 우정을 이어 가는 것. 이것이 『청춘시대』 속 여성 공동체의 존재 이유이다.

"인생 선배로서 내가 충고 좀
하는데……."

"하지 마세요. 저 붙이실 거
아니잖아요. 그럼 상처도 주지
마세요. 저도 상처받지 않을 권리
있습니다."

임상춘
『쌈, 마이웨이』
KBS2, 2017

일반적으로 '청년'이라는 단어를 들으면 주로 남성 청년을 떠올린다. 예전보다는 나아졌다지만 여전히 성별에 따른 고용 차별과 임금 격차가 존재한다. 소위 '이대남' 담론처럼 정치권도 남성 청년의 현재와 미래에 더 주목하고, 여성 청년의 현재와 미래에는 별 관심이 없어 보인다. 'N포 세대' 담론이 의미하듯 드라마 속 청년들은 일부 재벌가 후계자를 제외하고는 대체로 비정규직이거나 불안정한 상황에 처한 상태로 등장한다. 그중 여성 청년은 『쌈, 마이웨이』에 등장하는 최애라처럼 학벌 · 스펙 · 집안 모두 내세울 게 없는 인물로 더 빈번하게 등장한다.

하지만 그 양상에는 분명 변화가 있다. 백화점 안내 데스크에서 일하던 최애라는 '갑질'의 희생양이 되어 회사를 그만두지만, 기죽지 않고 자신을 무시하는 어른들에게 당당하게 견해를 밝히며 저항한다. 『자체발광 오피스』의 은호원도 마찬가지다. '자소서'를 100통이나 쓰고 들어간 가구 회사에서 불합리함과 부당함에 겁 없이 맞서기도 하고 때로는 타협하며 꿋꿋이 성장한다. 『청일전자 미쓰리』의 고졸 출신 말단 경리 이선심도 갑자기 사라진 대표를 대신하여 청일전자의 대표가 된다. 그리고 슬기롭게 회사를 위기에서 구한다. 과거의 드라마 전개대로라면, 아마 이들을 불쌍한 희생자로만 그렸겠지만 요즘은 다르다.

사회가 한사코 청년의 얼굴을 남성의 것으로 상정할 때, 드라마 세계 한 편에서는 여성 청년이 부당하고 불의한 것과 당당하게 싸워 가며 누군가의 연애 대상이나 피해자가 아닌, 주체적인 인간이자 노동하는 인간으로 성장하고 있다. 나는 이런 드라마 속 여성 청년들의 '상황과 현실에 지지 않는 눈빛'을 사랑하고 응원한다.

몰두하지만 얽매이지 말고,
좋아하지만 집착하지
말았으면 했어.

김지운
『멜랑꼴리아』
tvN, 2021

키가 작은 편인데 100미터 달리기를 하면 늘 1등을 했다. 키도 작고 다리도 짧은데 잘 달리니 신기했던 모양이다. "잘 뛰는 비결이 뭐야?"라는 질문을 많이 받았다. 그럴 때마다 늘 같은 대답을 했다. "다리가 짧아서 남들보다 더 부지런히 달려."

한때 워커홀릭 소리를 들을 정도로 일을 좋아했다. 머릿속은 늘 일로 꽉 차 있었고, 일에 몰두해 그걸 성공적으로 해내는(물론 실패도 많이 했지만) 내가 좋았다. 자발적으로 일을 즐기는 일개미였다. 그래서였을까? 일복도 많았다. 내가 원한 바 없는 복이었으나 굳이 사양하지도 않았다. 그렇게 워커홀릭이 되어야 했던 이유의 절반은 그래야 겨우 남들 하는 수준으로 일을 해낼 수 있다는 강박 때문이었다. 그러니까 나는, 어른이 되어서도 '남들보다 더 부지런히 달리는 아이' 모드로 살았나 보다.

사람이든 일이든 자신이 감당할 수 있는 용량(범위)을 넘어서 좋아하거나 몰두하면, 언젠가 마음이든 몸이든 어디라도 고장이 난다는 걸 몇 년 전 몸에 난 혹을 제거하는 수술을 받고서야 알았다. '적당히'를 모르고 살던 나를 몸이 멈춰 세운 것이다. 갑자기 학대당해 온 내 몸에, 자신이 무엇을 원하는지도 모르고 살던 내 마음에 미안했다. 물론 그 이후에도 여전히 부지런히 달리는 아이처럼 살지만 적어도 나를 무리하게 갈아 넣는 걸 보람으로 포장하며 살지 않으려고 나의 속도와 경로를 재설정하는 중이다. 그런데 그게 가능한 일일까?

자신이 좋아하는 뭔가에 빠지지 않는 게 가능하냐고 묻는 수학 천재인 제자 승유에게 그의 선생인 윤수가 하는 말이 어쩐지 내게 하는 말처럼 느껴졌다.

이별 카드. 연애 중에는 늘 지니고
있어야 하는 카드야.

김윤주·김경란
『유미의 세포들』
tvN, 2021

연애에 빠지면 내 마음의 중심축이 내게서 연애 상대에게로 옮겨갈 때가 많다. 내가 먹고 싶은 것보다는 상대방이 좋아하는 걸 먹고, 혼자 있고 싶을 때도 상대방이 원하면 함께 있는다. 결국 나의 취향, 시간, 인간관계 등은 점점 우선순위에서 밀린다. 심지어 나 자신마저도. 물론 연애 관계에서 사랑의 수고는 미덕일 수 있고, 사랑하는 사람과의 관계에 집중하는 마음이 사랑의 최선일 것이다. 그러나 그것이 약점이 되는 순간이 찾아오기도 한다.

더 사랑하는 사람이 약자라는 흔한 말처럼, 사랑이 약점이 될 때가 있다. 사랑하는 이와의 관계에서 더 사랑한다는 이유로 우선순위와 주도권을 빼앗기고 나면, 결정적인 약자로 전락한다. 상처받기 싫어서, 헤어지는 게 두려워서, 책임감 때문에 이별 대신 관계 유지를 택하는 바람에 결국 상황에 지고 만다. 그렇게 겨우 유지된 관계는 누구에게 행복한 걸까?

『유미의 세포들』 속 세포들은 유미를 위해 존재한다. 그들의 1순위는 언제나 유미다. 그런 세포들마저도, 유미가 사랑에 빠져 자기 자신을 우선순위에서 밀어내면 말리지 못한다. 그런 유미에게 판사 세포는 유미가 손에 쥔 '항복 카드' 대신 '이별 카드'를 쥐라고 판결한다. 그 후 유미는 자꾸 자신을 서운하게 하는 연인 구웅을 밀어내고 다시 자신을 1순위로 올린다. 그리고 결국 구웅과의 연애를 종료한다.

물론 이별 카드를 안 쓰면 좋겠지만, 이별 카드를 쥐고 있어야 원하는 대로 행동할 수 있고 그래야 자신을 잃지 않을 수 있다. 이별 카드는 연애할 때 필요하지만, 여러 곳에 범용적으로 사용할 수도 있다. 이 카드를 손에 쥐면 보다 주체적이고 평등한 인간관계를 형성할 수 있다. 결국 이별 카드를 손에 쥔다는 것은 내 마음의 중심축이 내게 있다는 선언인 셈이다.

세상일이란 것도 보면
유도랑 참 많이 닮아 있는 것 같애.
뻣뻣해선 절대 이기지 못해.

홍진아
『태릉선수촌』
MBC, 2005

066

얼마 전부터 사무실 동료들과 한 시간마다 간단한 스트레칭을 하기 시작했다. 알람이 울리면 일어나 5분에서 10분 정도 각자의 방식으로 몸을 푸는 데 은근히 도움이 된다. 하지만 부작용도 있다. 동료 중 한 명이 며칠 동안 근육통에 시달리다가 병원에 갔더니 의사가 운동을 너무 "세게" 하지 말라고 권고했단다. 비슷한 이야기를 필라테스 강사에게 들은 적이 있다. 몸을 힘껏 움직이는 게 중요한 게 아니라 움직여야 할 근육을 유연하게 움직이는 게 중요하다고. 말이야 쉽지. 힘을 주고 버티는 것보다, 버티려면 힘을 빼야 한다는 걸 이해하고 실행하는 게 참 어렵다. "어깨 내리세요"라는 말을 문자적으로 이해하는 것과 몸으로 구현하는 것은 엄연히 다른 일인지라 늘 버둥거릴 수밖에 없다.

태릉선수촌을 배경으로 한 체육인들의 일상을 담은 드라마 『태릉선수촌』에는 인생을 운동에 빗대어 하는 말들이 자주 나온다. 그중 이기려면 "흔드는 거에 따라서 휘청 휘청 출렁"여야 한다는 말을 좋아한다. 또한 "어깨에 힘이 꽉 들어가 있어서 그래. 뜨려고 하면 가라앉고 가라앉으려 하면 뜬다. 그게 수영의 기초야"라는 대사를 들었을 때는 어찌나 반갑던지. 모두 지금의 내게도 필요한 기술이다.

처음 운동을 시작했을 땐 더 강해지고 싶고 버티고 싶어 몸에 힘을 잔뜩 주었는데 이제는 더 유연해지고 싶어서 몸에 힘을 빼는 운동을 한다. 몸처럼 마음도 적당히 힘을 빼는 훈련이 필요하다.

가족인데, 우리는 가족인데
아는 게 별로 없습니다.

김은정
『(아는 건 별로 없지만) 가족입니다』
tvN, 2020

가족은 나에 관해 모르는 게 많다. 나도 가족에 관해 잘 모른다. 가족 사이에 뭘 얼마만큼 알아야 충분한지도 잘 모르겠다. 누군가는 가족 관계를 '찐하다'고 표현하지만, 나에게 가족은 '찐득찐득한'에 가깝다. 사랑하지만 그 외의 복잡한 감정도 들러붙은 상태랄까. 그래서인지 『(아는 건 별로 없지만) 가족입니다』에서 둘째 은희의 독백이 반가웠다. "가족인데, 우리는 가족인데 아는 게 별로 없습니다." 가족에 관한 이토록 쿨하고 솔직한 고백이라니.

극의 초반부터 기억상실, 출생의 비밀 등 막장 서사의 소재들이 줄줄이 등장했던 이 가족의 이야기는, 그간 가족인 줄 알았던 관계가 사실 가족이 아니었음을(더는 가족일 수 없음을) 알게 되거나 선언하며 특별해진다. 20대를 오롯이 가족에게 헌신한 장녀 은주는 사실 아버지 상식과 어머니 진숙 사이에서 태어나지 않았다. 유산을 겪은 은주 부부는 이후로도 아이를 가지려 노력하지만 거듭 실패하고 남편 태형이 동성애자임을 숨기고 위장 결혼했다는 사실이 밝혀지며 관계의 위기를 겪는다. '두 집 살림'하는 것 같은 행동을 보여 가족의 오해를 산 아버지에게는 말할 수 없는 어려운 사정이 있었다. 가족들은 이 일들을 한참 후에야 알게 된다. 이렇게 복잡한 사정들을 서로 몰랐거나 나중에야 알게 된 이들을 정말 가족이라 할 수 있을까? 가족이 아니라고 할 이유는 또 뭘까?

드라마 제목, '가족입니다'라는 선언 앞에는 특이하게도 '아는 건 별로 없지만'이라는 전제가 달려 있다. 둘 사이에는 어떤 이음말이 필요할까? 그럼에도? 그래서? 그렇지만? 여러 단어를 넣어 보며 달라지는 의미를 생각한다. 이런 온갖 의미 사이에서 서성이고 고민하며 노력하는 게 진짜 가족 아닐까? 그렇기에 가족은 매 순간 새롭게 감각해야 할 가장 낯선 몸이다.

"거기도 그럽니까? 돈 있고
빽 있으면 무슨 개망나니 짓을 해도
잘 먹고 잘살아요? 그래도 20년이
지났는데 뭐라도 달라졌겠죠?
그죠?"

"예. 달라요. 그때하곤
달라졌습니다. 그렇게 만들면
됩니다."

김은희
『시그널』
tvN, 2016

2011년 드라마 『싸인』에서 법의학자 윤지훈은 억울한 죽음을 파헤치며 진실을 감추려는 자들과 맞선다. "살아 있는 자는 거짓말을 하고 죽은 자는 진실을 말한다"라는 신념을 가진 그는 범인을 잡으려고 스스로 '진실을 말하는 죽은 자'가 되기로 결심하고 그의 시신에 남겨진 싸인을 통해 사건은 해결된다. 2016년에 방영된 『시그널』을 보며 『싸인』이 생각났던 이유는 같은 작가의 작품에, 제목의 의미도 비슷하고, 삶과 죽음의 의미가 연결되어 있다는 생각이 들어서였다. 다만 『싸인』은 죽은 자들의 몸을 통해 사건을 해결하고 『시그널』은 과거와 현재의 살아 있는 사람들의 연대를 통해 진실에 다가선다.

『시그널』의 시간은 직선이 아니라 마치 뫼비우스의 띠처럼 흐른다. 어느 날 고장 난 낡은 무전기를 통해 무전이 시작되고, 전혀 상관없을 것 같은 과거와 현재가 서로 영향을 끼치며 흘러간다. 그 무전을 통해 현재의 형사 박해영과 과거의 형사 이재한이 장기 미제 사건을 해결하려고 공조한다. 그들이 과거를 통해 미래를 바꾸고 싶었던 이유는 억울하게 희생당한 이들, 동료 형사 차수현과 박해영의 형 그리고 과거 속에서만 살아 있는 이재한도 살리고 싶었기 때문이다.

미제 사건 즉, 억울한 죽음을 해결하지 못한 현재는 결코 온전한 현재일 수 없다. 우리는 그동안 너무 많은 사회적(혹은 개인적) 고통을 해결하지 못한 채, 개인을 희생시켜 직선의 시간을 달려왔다. 그런 우리에게 『시그널』은 시간을 돌이켜서라도 사건을 해결하길 원한다. "죄를 지은 사람이 정당한 대가를 치르는" 세상이 되길 원했던 그들의 바람은 일부 이뤄졌으나 20년이 지나도 세상은 여전하다. 하지만 살아 있으므로 기억하고, 싸울 수 있다. 드라마가 끈질기게 전달하고자 했던 메시지는 "살아서 포기하지 않으면 희망이 보인다"는 것이 아니었을까?

이 막막한 세상에 인간은 왜 자꾸
태어나는 걸까?

주찬옥
『여자는 무엇으로 사는가』
MBC, 1990

출생률이 매년 최저치를 경신한다. 저출생 시대의 드라마는 어떨까? 아이를 낳고 독박 육아하는 전업주부 여성의 서사가 예전보다는 줄었지만, 사랑하는 남녀가 결혼하여 아이(이왕이면 쌍둥이)를 낳는 걸 미덕으로 여기게 하는 이야기가 여전히 존재한다. 심지어 허우대도, 직업도 좋은 아들들이 마흔이 되도록 결혼도 하지 않는 상황을 한탄하던 부모가 "6개월 이내에 결혼할 여자를 데리고 오면 아파트를 준다"라는 조건을 내거는 내용이 버젓이 방영되기도 했다.

요즘에야 아이를 낳지 않는다며 한탄하지만, 과거에는 아이를 너무 낳는다고 국가 차원에서 주로 여성의 몸을 '통제'하며 출산을 제한하기도 했다. 임신 중지가 불법이던 시절에도 알음알음 임신 중지 시술을 암묵적으로 허용하던 시절이었다. 시대는 변화하지만 아이가 너무 많이 태어나도, 적게 태어나도 여성을 문제 삼으며 압박하는 습성은 여전하다.

『여자는 무엇으로 사는가』는 페미니즘 영향을 받은 드라마가 제작되던 1990년대에 나온 드라마다. 다소 철학적인 질문을 던지는 이 드라마는 가부장 체제에서는 여성에게 결혼이 좋기만 한 제도가 아니고, 출산이 축복이기만 한 것도 아니라는 걸 세 모녀를 통해 항변한다. 30년 전 드라마지만 요즘에도 통하는 문제의식이다. 여성에게 부당한 가부장적 억압과 국가적 통제가 지속되는 한 "이 막막한 세상에 인간은 왜 자꾸 태어나는 걸까?"라는 본질적 질문을 그때나 지금이나 여성들은 절실하게 되풀이할 수밖에 없다.

내가 그 집을 석무 결혼하면 주려고
매일매일 닦았거든. (……) 해 봐야
티도 안 나. 근데 또 안 하면 확 티가
나고. 낯선 사람과 가족이 된다는 게
그런 건가 싶더라고.

문정민
『최고의 이혼』
KBS2, 2018

결혼 소식을 알리자 대부분 축하의 말을 건넸지만, "왜 굳이 결혼을……" "그냥 연애만 하지?"라는 반응도 있었다. 주로 먼저 결혼 생활을 시작한 친구들의 의견이었다. 그런 반응을 나는, 결혼은 분명 축복받을 일이지만 복잡한 과정에 들어서는 피곤한 일이기도 하다는 뜻으로 이해했다.

결혼은 젊은 개인이 감당하기에 부담스러운 제도다. 두 사람만의 결합이 아니라 가족 관계와 출산과 양육 등에 대한 무례한 기대가 고구마 줄기처럼 줄줄이 딸려오기 때문이다. 또한 결혼은 개인인 나의 세계를 어느 정도 허물어야 지속 가능한 관계다. 각기 다른 존재가 만나 한집에서 사는 일은 생각보다 어렵다. 사소한 생활 습관에서 세계관까지, 매 순간 우리가 하나임을 확인하는 것이 아니라, 매 순간 우리가 너무 다른 타인이라는 사실을 절감해야 하기 때문이다. 결혼 후, 사랑은 서로의 같음으로 존재하는 게 아니라 서로의 차이 사이에서 고통스럽게 피어나는 것임을 더욱 확신하게 되었다. 그렇기에 사랑이라는 생명이 말라 죽지 않고 윤기가 흐르게 하려면 끊임없이 닦고 가꿔야 한다는 것도 알았다. 티는 안 나는데 귀찮은 그 수고는 함께 살기로 선택한 우리의 몫이다. 그 '우리의 몫'이 일방적으로 한 사람의 몫이 될 때 관계는 지속될 수 없다.

『최고의 이혼』은 강휘루와 조석무, 두 사람이 이혼하며 서로의 관계를 돌아보고 새로운 시작을 하게 되는 이야기다. 그들이 이혼한 이유에는 결혼이라는 관계 속에서 '함께'가 되려는 노력을 하지 않은 석무의 책임이 크다. 결국 자신의 세계를 부숴야 새로운 관계가 형성될 수 있다는 걸 그들은 이혼이라는 과정을 겪으며 비로소 깨닫는다. 결혼은 사랑의 무덤이기도 하지만, 어떤 면에서는 새로운 사랑의 시작이기도 하다. 그리고 그것은 전적으로 함께 이룩할 일이다.

아까 아침에 해 놓은 밥인데,
너랑 나랑은 그냥 이거 먹자.
괜찮지?

이유정·유송이
『며느라기』
카카오tv, 2020

엄마는 딸과 아들을 차별하지 않았지만, 역할은 명확하게 구분했다. 장사하느라 밤늦게 들어오는 부모님을 대신해 밥상을 차리는 것은 늘 딸인 내 몫이었다. 남동생이 어렸을 때는 그러려니 했지만, 성인이 되어서도 역할은 달라지지 않았다. "왜 다 큰 동생 밥상까지 내가 차려야 하는가"라고 저항해 봤자 소용없었다. 내가 거부하는 밥상 차리는 노동은 고스란히 엄마의 몫이 되었고, 나는 무정한 딸이라는 원망만 배부르게 들을 뿐이어서 묵묵히 밥상을 차리는 것이 엄마를 위한 나의 최선의 연대였다.

밥상을 차리는 것까지는 엄마의 가사 노동을 분담한다는 차원에서 그럭저럭 참을 만했다. 그러나 다른 식구들의 밥공기에는 갓 지은 밥을 담고, 엄마의 밥공기에는 남은 밥을 담을 때면 화가 나는 걸 넘어 서글퍼지곤 했다. 엄마는 남은 밥이 아까워서 먹는 것이라 둘러댔지만, 그 말은 나에게 '너도 나중에 이렇게 해야 해'라는 시그널로 인식되었다.

'며느라기'라는 말은 시가에서 사랑받고 싶은 마음에 어떤 희생도 감수하는 일정한 시기라고 원작인 웹툰에서 정의한 말이다. 『며느라기』 속 민사린도 결혼 후 '며느라기'의 시기를 맞는다. 그때 문제가 되는 것이 밥이다. 밥은 가부장 체제에서 남성과 여성의 위치를 가장 선명하게 드러내는 상징과도 같다. 여성은 밥을 짓는 부엌에, 남성은 여성이 차려 주는 밥상을 기다리는 거실에 배치됨으로써 불평등한 위계 구도가 형성된다. 별것 아닌 것 같지만 "아까 아침에 해 놓은 밥"을 권하는 시어머니의 말은 그런 불평등한 구조의 산물이다.

가족 밥상을 다 차려낸 후 남은 밥을 긁어서 자신의 밥공기에 담는 엄마를 보고 자란 딸은 자라서 어떤 사람이 될까? "아까 아침에 해 놓은 밥"을 권하는 부당한 말을 여성이 여성에게 대물림하지는 않았으면 좋겠다.

"아기에게는 모유가 좋아요.
특히 초유는."

"그럼 엄마한테는 뭐가
더 좋은데요?"

김지수·최윤희·윤수민
『산후조리원』
tvN, 2020

072

열 시간 넘게 진통하느라 죽다 살아난 후 모유 수유와 분유 수유를 병행한 친구는 "제왕절개! 분유 수유!"를 외치는 전도사가 되었다. 다른 한 친구는 젖을 물리고 아이와 교감하는 시간이 좋아 두 명의 아이를 '완모(완전 모유 수유)'로 키웠고, 또 다른 친구는 아이에게 젖을 물리는 시간이 젖을 짜는 가축 같다며 힘들다고 했다. 그런 그들에게 항상 말했다. "네가 행복할 수 있는 선택을 해."

우리 사회는 모성애라는 이름 아래 엄마의 행복보다는 아이를 항상 우선시한다. 여성의 임신 ·출산 과정과 출산 후 겪는 혼란기를 한국 드라마 역사상 가장 현실적으로 재현한 '격정 출산 누아르' 『산후조리원』 속 여성들도 마찬가지다. 회사에서 최연소 임원으로 승진하자마자 임신하여 '출산계'의 초고령 산모가 된 '딱풀이' 엄마 오현진은 일과 육아의 갈림길에서 갈등하는 자신에게 모성애가 없는 것은 아닌지 고민한다. 남들이 보기에는 순탄한 삶을 사는 '프로 전업맘' 조은정과 비혼모 이루다 등 산후조리원 동기들 또한 저마다의 혼란을 겪으며 엄마가 되어 간다.

이 드라마의 백미는 모유 수유를 둘러싸고 대립하는 장면이다. 분유만 먹이겠다고 선언한 이루다와 모유 수유의 중요성을 설파하는 산후조리원 원장의 대화는 "견고하기만 했던 엄마의 세계에 작은 돌이 던져지기 시작"했다는 오현진의 대사처럼 작지만 폭넓은 파장을 만든다. 그럼 엄마한테는 뭐가 더 좋으냐는 이 짧고도 강렬한 질문은 모유 수유를 당연한 모성애적 실천으로 강요하던 세계에 균열을 내며 여성들의 다양한 이야기가 터져 나올 물꼬가 되었다. 모유 수유든, 분유 수유든 아이와 엄마를 함께 위하는 선택이 당연해지도록 이런 질문이 더 많이 필요하다.

한국 사회가 여태까지 나 사는 데
뭐 하나 보태 준 거 있어?

정성주
『아줌마』
MBC, 2000

'아줌마'를 사전에서 찾아보면 '결혼한 여자를 일반적으로 부르는 말'이라는 뜻풀이도 볼 수 있지만, 결혼한 여자를 낮추어 부르거나 멸시하는 의미로 사용되는 경우도 많다. 그렇기에 대중문화 속에서 '아줌마'는 주로 우스꽝스럽거나 한심한 존재로 등장하곤 한다.

『아줌마』 속 아줌마, 오삼숙도 마찬가지다. 오빠 친구인 장진구와 '사고'를 쳐서 결혼하게 된 오삼숙은 결혼 생활 내내 자신과의 결혼을 "지식인과 기층민의 결합"이라며 무시하는 대학 교수 장진구와 그 주변 인물에게 이용과 무시를 당한다. 그러던 어느 날, 장진구가 후배인 한지원과 바람을 피운 사건을 계기로 이혼을 선언하고, 그 이혼 재판 과정에서 자신을 억누르고 속이던 가부장 사회의 속성을 깨닫게 되고 사회적 각성을 하게 된다.

오삼숙은 배신당했다는 울분에 휩싸이는 대신, 이혼 과정에서 두 아들의 양육권과 친권은 물론 '성'姓도 자신의 성을 따르게 하겠다고 결심한다. 그리고 생각에 그치지 않고 여성단체를 찾아가 호주제 위헌 소송에 참여 의사를 밝히는 주체적 여성으로 거듭난다. 또한 혼전 임신을 한 친구에게는 결혼하지 말고 아이만 낳아 엄마 성을 물려주고 본인이 호주가 되라고 조언하기도 한다. 결국 오삼숙은 사업을 시작하여 사회적으로도 성공한 여성이 된다.

『아줌마』는 한 여성의 사회적 자각과 성장을 보여 주기도 하지만 '아줌마'라는 이름에 당치않은 비하와 멸시의 의미를 담았던 사회적 편견에 저항하며, 누구의 아내나 엄마가 아닌 인간으로서의 여성을 발견하게 했다.

나가서 자유롭게 살아.
그게 진짜 복수야.

김이지·황다은
『부암동 복수자들』
tvN, 2017

"저랑 같이 복수하실래요?"

재벌가의 혼외자로 외롭게 살다가 정략결혼 후에도 불행하게 살던 김정혜, 남편과 사별한 후 홀로 두 자녀를 키우는 재래시장 생선 장수 홍도희, 가정 폭력에 시달리는 대학교수 부인 이미숙. 살면서 한 번도 마주칠 일 없을 것 같은 이들이 모임을 결성한다. 단순 친목 모임이 아니라 각자의 아버지·남편·갑질하는 인간에게 복수하는 복수 공동체 '복자클럽'. 여기에 김정혜 남편의 혼외자인 고등학생 수겸이 가세하면서, 모임은 가부장 남성에 대항하는 여성과 청소년의 연대로까지 이어진다.

복수 공동체라니 복수의 대상을 시원하게 응징하는 이야기가 펼쳐질 것 같지만, 복자클럽의 복수는 생각보다 미미하고 소박하다. 갑질하는 손님에게 물세례를 퍼붓고, 변태 교장에게 망신을 주는 등 갑질에 갑질로 응수하는 게 전부다. 하지만 이들의 활약으로 교육감 선거로 얽힌 김정혜 남편과 이미숙 남편이 선거법 위반으로 처벌받는다. 사적인 동기로 시작한 복수가 공적 정의를 실현하는 일로 이어진 것이다.

드라마에서 복수만큼 중요한 것은 공동체다. 경험·계급·상황의 차이로 서로를 무시하고 경계하던 이들이 가족보다 나은 남이 되어 서로를 이해하고 자기 삶을 돌아본다. 그리고 결국 '집'으로 상징되는 상처와 억압에서 벗어나 자유를 찾는다. 이렇게 복수를 끝낸 이들이 1년 후 다시 찜질방에 모여 친목을 다지는 결말이 인상적이었다. 이들을 가두고 억압했던 세계는 깨졌지만 공동체는 남은 것이다. 이런 지향점은 『부암동 복수자들』이라는 드라마 제목보다 원작 웹툰의 제목 『부암동 복수자 소셜클럽』에 더 선명하게 드러난다. 이들은 각각이 '복수자'라는 개별적 존재이기도 하지만, '소셜클럽'이라는 대안적 공동체의 가능성도 가지고 있기 때문이다.

궁녀에게도 스스로의 의지가 있고,
마음이 있습니다. 궁녀 아닌 자들은
알려 하지 않겠지만. 소인은 저하의
사람이지만 제 모든 것이 저하의
것은 아니라, 감히 아뢰옵니다.

정해리
『옷소매 붉은 끝동』
MBC, 2021

흔히 궁녀를 '왕의 여자'라 한다. 많은 궁녀가 왕의 여자라는 명목으로 평생을 구중궁궐에서 오로지 왕만 바라보며 살았다. 그렇다면, 왕의 여자들은 왕을 무조건 사랑했을까? 『옷소매 붉은 끝동』은 이런 불온한(?) 질문에서 시작한다.

궁녀 성덕임은 어릴 때부터 책을 통해 지식을 축적한 지식인이었으며, 스스로 사고하고 행동하는 주체적 인간이었다. 또한 자신의 직업을 사랑하는 '일하는 여성'이기도 했다. 성덕임에게 가장 중요한 것은 왕을 보필하고 지키는 궁녀로서의 일과 동료들과 우정을 쌓으며 얻는 개인으로서의 즐거움이었다. 왕세손과의 사랑도 일과 동료보다 우선할 수는 없었다. 성덕임은 승은을 입는 것이 궁녀가 이룰 수 있는 최대의 성취라는 낡은 관습에 저항하며 끝까지 자신으로 살고자 하지만 실패한다. 역설적이게도 그의 사랑이 그의 삶을 좌절시킨 것이다. 물론 그마저 순응하기만 한 것은 아니고 결국 자기 스스로 선택한 것이지만.

이 드라마는 왕과 궁녀의 로맨스 못지않게 주체적이고 능동적으로 살고자 했던 여성들 간의 관계와 그들의 사회를 비중 있게 다룬다. 드라마 속 궁녀들은 "궁녀에게도 자신의 의지가 있고 마음이 있"음을 말하며 실천하는 주체적 인간임과 동시에 우정을 소중하게 여기며 연대를 이어 가는 사회적 존재들이다. 또한 궁녀들이 '광한궁'이라는 조직을 만들어 그간 남성의 일로 여겨지던 역모를 주도하기도 하는 욕망을 가진 존재로 표현되기도 했다. 즉 이 드라마는 로맨스의 외피를 쓰고 있지만, 군주제로 표상된 가부장제에 갇힌 채 살았지만 오롯이 자신의 삶을 살고자 했던 여성들의 서사이기도 하다.

세상에 피해자가 되고 싶어서
된 사람 없다는 거 이제 좀
아시겠죠?

정도윤
『마녀의 법정』
KBS2, 2017

2015년 무렵 한국에서도 페미니즘이 사회적 이슈로 대두되기 시작했고, 영화평론가 손희정은 이런 현상을 '페미니즘 리부트'라고 명명했다. 페미니즘이 리부트되었다고는 하지만 여성을 향한 차별과 혐오와 폭력은 여전하다. 2016년 '강남역 여성 혐오 살인사건'이 발생해 사회 전체에 충격을 주었고, 2017년부터는 각계의 성폭력을 고발하는 '미투'Me Too 운동이 일어났다. 미투 운동은 2018년 선배 검사의 성추행을 고발한 서지현 검사의 폭로로 촉발해 김지은 씨의 안희정 전 충남도지사의 성폭행 고발로 이어져 각 영역으로 확산되었다. 드라마는 이런 사회적 변화를 어떻게 반영하고 있을까?

2017년 무렵부터 『마녀의 법정』『미스 함무라비』『라이브』 등 사법부와 경찰 조직 속 여성의 서사를 모티프로 하는 드라마가 연달아 등장했다. 이 드라마들 속 여성의 특징은 남성 중심 권력 구조 속에서 여성이 서사의 중심이 되어 사회 속에서 겪는 각종 폭력에 맞선다는 점이다. 『마녀의 법정』은 검찰 내 여성 · 아동 범죄 전담부가 배경이고, 『라이브』는 지역 지구대에서 벌어지는 각종 여성 대상 범죄를 소재로 삼았다. 『미스 함무라비』는 여성 판사 박차오름을 통해 여성들이 사회에서 겪는 불평등과 폭력의 문제를 풀어냈다.

경찰이 되어, 검사가 되어, 판사가 되어 각 영역에서 활약하는 여성의 존재는 그 자체로 '왜 여성이 그곳에 존재해야 하는가'에 대한 대답이 된다. 그 자리에서 사회 구조나 시스템의 불평등을 드러내고, 무엇이 문제인지 보여 주고, 그럼으로 문제를 제대로 해결할 수 있게 하기 때문이다.

물론 여성이 모든 정답과 해결책이 될 수는 없다. 그러나 어느 영역이든 여성이 배제된다면 여성의 관점이 적용되지 않는다면, 우리는 반쪽짜리 지식과 해결책을 가질 수밖에 없다.

누가 주는 기회 말고 우리가 하면
되죠. 인생 삼세판이잖아요.

문현경
『출사표』
KBS2, 2020

우리 사회는 젊은, 여성, 정치인에게 야박하다. '젊은것이 뭘 알겠어'라는 우려의 시선은 작은 실수 하나에도 "역시 젊은것들은……" 하며 당장 문제 삼는다. 한국여성정책연구원 김은희 연구원은 이런 흐름을 '공간 침입자' 개념으로 설명한다. 남초인 정치 공간에서 여성은 비가시화되어 왔고, 존재하더라도 '규범에서 벗어난 이탈자'로 소비된다는 것이다.

반면 젊은, 남성, 정치인은 아무리 그릇되고 구태의연한 행동을 해도 '새로운 세대'로 과대평가한다. 젊은 여성 정치인이 광야에서 기어이 살아남아야 할 때, 젊은 남성 정치인은 시대의 새로운 얼굴이 되어 윤택하게 자란다. 너무 불평등하지 않은가?

이런 가운데 "90일 출근에 연봉이 5천만 원"이라는 말에 혹해 '취업 대신 출마'를 선언하며 마원구 구의원 보궐 선거에 도전해 당선되는 『출사표』의 젊은, 여성, 정치인 구세라를 주목할 필요가 있다. 구세라는 원래 '민원왕'으로 불릴 정도로 지역 정치 현안을 꿰뚫고 활발하게 의견을 제시해 왔지만, 제도 정치 세계에 입성하고서는 졸지에 '공간 침입자' 처지가 된다. 그러나 그는 자신을 장기판의 '졸' 정도로 취급하는 기성 정치인과 너무 빨리 기성 정치 영역에 포섭되어 자신을 견제하는 또래 엘리트 정치인 등에 주눅 들지 않고 자신만의 정치를 한다.

구세라는 자신만의 정치 공간을 만들어 내는 데 성공하기도 하지만, 다양한 여성 정치인의 존재를 가시화하는 데도 기여한다. 구세라의 분투에 용기를 얻은 구세라 친구 권우영은 구의회에 도전하여 성공한 후 유아차를 끌며 의정 활동을 펼친다. 여성 정치인도 중요하지만, 그 여성 정치인이 어떤 사회적 가치를 만들 것인지 고민하며 기회를 만들어야 한다는 걸 구세라가 알려준 것이다. 우리에게는 "수상하게 눈을 반짝이는" 젊은, 여성, 정치인이 더 필요하다.

내가 생각한 대의는 아주 평범한
것이네. 백성들 앞에 놓여진 밥상의
평화. 백성이 오늘 저녁 먹을
따뜻한 밥 한 그릇이 고려의
영광보다 우선이지.

정현민
『정도전』
KBS1, 2014

20대 대선을 치르고 난 후 문득 『정도전』 생각이 났다. 고려 시대에서 조선 시대로 나라가 바뀌는 상황은 아니지만, 온 나라가 뒤흔들리는 질풍노도의 시기이니 이 시대에 정치란 무엇이고, 어떠해야 하는지 생각해 볼 수 있는 드라마로는 『정도전』만 한 게 없다.

『정도전』은 그나마 희미하게 남았던 개혁의 꿈을 제물 삼아 멸망의 길로 달음질했던 고려 말에서 시작한다. 허수아비 왕 뒤에서 군림한 권력의 실세 이인임을 필두로 권문세족의 횡포는 날로 심해지고 외세의 침입에도 백성의 목숨조차 지키지 못하는 '빌어먹을' 나라이니 차라리 없는 게 나을 정도였다. 사방을 둘러보아도 온전한 곳이 없는 이인임의 세상에서 불의에 맞서야 할 사대부(지식인)들은 지극히 무력하기만 했다.

정몽준과 정도전은 시대의 모순을 끌어안고 '새로운 세상'을 꿈꾸며 동문수학했던 지기知己였지만 새로운 세상을 향한 지향점은 달랐다. 정몽주는 개혁을 원했고, 정도전은 혁명을 통한 새로운 세상을 상상하고 기획했다. 결국 정도전은 "백성들 앞에 놓여진 밥상의 평화"라는 대의를 위해 혁명의 맨 앞에 선다.

우리가 사는 세상은 이인임의 세상과 얼마나 다를까? 정도전은 '이 씨의 나라'가 아닌 백성이 주인 되는 나라, 절대 권력이 아닌 다수가 함께 만드는 정치 체제를 갖춘 나라를 설계했지만, 여전히 우리는 왕(상징으로서)이 통치하는 나라, 백성의 고통을 하찮게 여기는 기득권들의 나라라는 틀을 벗어나지 못하고 있다. 정도전은 이런 상황을 만든 무지한 백성, 현실에 무능한 지식인, 불의한 기득권을 향해 "밥버러지들"이라 외치곤 했다.

밥과 밥버러지. 권력을 가진 자들이 저마다 밥상을 이롭게 하는 것처럼 큰소리치지만 실제로 하는 일은 밥버러지 같다는 게 우리 사회의 비극이 아닐까?

누구도 누굴 함부로 할 순 없어.
그럴 권리는 아무도 없는 거란다.
그건 죄야.

김수현
『모래성』
MBC, 1988

한 정당의 대표가 장애인 인권 단체에서 전개한 출근길 지하철 집회를 공개적으로 비난했다. 그는 장애인 인권 단체의 활동을 "시민을 볼모로 이익을 추구하는 이기적 행위"로 간주했다. 물론 시민인 나는 그들에게 볼모 잡힌 바가 없음에도, 그는 자신의 주장을 위해 정작 시민의 의견은 묻지도 않고 제 마음대로 시민을 볼모 삼아 정당한 이동권을 행사하는 장애인 인권 단체 활동가들을 협박했다.

무도한 뉴스에 눈살을 찌푸리다가, 배우 윤여정이 예능 프로그램『유 퀴즈 온 더 블록』에 출연해 힘들 때마다 떠올린다고 밝힌 드라마 대사를 보았다.『모래성』에 출연할 때 배우 김혜자가 했던 대사라고 하는데, 1988년 드라마이니 강산이 세 번 변하도록 그 대사를 품고 있었던 셈이다. 듣는 순간, 나도 그 대사를 마음에 저장했다.

이 책을 준비하며 셀 수 없이 많은 드라마 명대사를 찾고 또 찾았다. 그러다가 '명대사란 무엇인가' 하는 의문이 들었다. 명대사라는 게 별건가. 30년이 지나도, 50년이 지나도 현재와 공명할 수 있는 보편성을 담고 있으면 명대사 아닐까? 그런 의미에서 "누구도 누굴 함부로 할 순 없어. 그럴 권리는 아무도 없는 거란다. 그건 죄야"라는 말은 참 많은 장면을 떠올리게 하고, 깊은 생각에 잠기게 한다.

여성과 장애인 등의 사회적 소수자를 시민과 갈라치기 하며 그들을 향해 혐오의 언어를 함부로 쏟아붓는 걸 권리라 착각하는 그 정치인에게는 돼지 목에 진주 같은 말일 것이나, 윤여정 씨가 품었던 이 명대사를 그에게도 들려주고 싶다. 그리고 정중히 요청하고 싶다. 한 번뿐인 정치 인생에 명언까지는 아니어도, 길이 길이 부끄러울 망언은 남기지 말라고.

요즘은 하고 싶은 말을 다
내뱉고 그걸 '사이다'라고 자랑하는
천박한 유행이 있어.

김윤
『원 더 우먼』
SBS, 2021

탄산음료를 잘 못 마신다. 첫 모금은 시원하지만 목을 긁는 느낌이 싫고, 마시고 난 직후는 괜찮지만 금세 갈증이 생겨 결국 물을 마시게 된다. 물론 묘한 자극을 주기에 일부러 찾을 때도 있다. 특히 피곤한 날이면 콜라를 마신다. 콜라 한 모금에 마치 수액을 맞는 듯 온몸의 혈관으로 탄산이 퍼지는 느낌이 들면 없던 기운도 솟는다. 위스키에 탄산수를 섞어 만든 하이볼과 과일청에 탄산수를 탄 에이드는 또 어찌나 맛있는지! 그러나 몸은 본능적으로 안다. 자주 마시면 안 좋다는 걸.

말도 그렇다. '사이다' 발언을 좋아하지 않는다. 시원한 그 말들은 대체로 당장은 따끔하고 통쾌하지만 뒷맛이 좋지 않다. 특히 갈등 상황에서의 사이다 발언은 문제를 해결하기보다 상황을 악화시키는 노릇을 할 때가 많다. 물론 그 말을 한 사람은 시원하겠지만.

나는 말하기 전에 생각하는 절제력과 신중한 태도를 중요시한다. 말은 단순한 단어의 나열이 아니기 때문이다. 상대를 향한 태도가 오롯이 드러나기에 말한 사람은 말의 효과와 결과에 책임을 져야 한다. 엄지혜 작가의 『태도의 말들』에 나오는 말처럼 "좋은 태도를 가진 사람은 타인에게 영감을" 주지만 나쁜 태도를 가진 사람의 말은 관계와 상황을 상하게 한다. 탄산처럼 톡 터지는 환호는 짧지만, 탄산이 빠져나간 후의 들큼한 찝찝함은 꽤 길다.

물론 사이다가 필요할 때도 있다. 억울한 일을 당한 사람을 대신하여 말할 때, 곱게 말해서는 듣지 않을 때, 사이다 한 컵 들이켜듯 한마디 하지 않으면 병이라도 날 것 같은 순간……. 그럼에도 너무 자주 마시면 건강에 해롭다는 걸 기억할 필요가 있다.

모든 건물은 외력과 내력의 싸움이야. 바람, 하중, 진동. 있을 수 있는 모든 외력을 계산하고 따져서 그거보다 세게 내력을 설계하는 거야. (……) 인생도 어떻게 보면 내력과 외력의 싸움이고. 무슨 일이 있어도 내력이 있으면 버티는 거야.

박해영
『나의 아저씨』
tvN, 2018

인생도 건물처럼 외력과 내력의 싸움의 연속이며 그 싸움에서 어떻게든 내력이 외력을 이겨야 버틸 수 있다. 외력에 의해 내력인 멘탈이 털릴 때 일상을 유지하는 방법 몇 가지를 알고 있으면 도움이 된다. 나의 경우는 이렇다.

첫째, 드라마를 보며 잠시 현실을 벗어난다. 지금 내가 겪는 일보다 더한 사건과 사고를 겪으며 지지고 볶는 이야기를 보다 보면 의외로 마음이 가벼워지고 뭐라도 할 힘이 생긴다. 물론 드라마에 너무 몰입해 내가 뭘 고민했는지도 까먹어서 괜찮아진 것은 아니었을까 싶지만.

둘째, 규칙적인 생활을 한다. 닥치는 대로 드라마 정주행을 한다고 하면 '폐인' 모드로 지낼 것 같지만 의외로 멀쩡하게(?) 일상 루틴을 이어 간다. 평상시보다 더 규칙적인 생활을 하려고 노력한다. 일단 잘 잔다. 규칙적인 식사를 하고, 산책도 자주 한다.

셋째, 적절한 소비 생활도 도움이 된다. 웅크리고 있는 것보다는 '사는'(buy) 보람이라도 누리는 게 나으니 이 시기를 '나를 위한 집중 선물 기간'으로 정하고 '자발적 호갱'이 된다. 그 덕에 삶에 윤기가 흐른다. 냉장고 대청소, 화분에 씨앗 심고 새싹 기다리기, 하루 만 보 이상 걷기 등 소소한 성취감을 느낄 수 있는 도전을 해도 좋다. 오롯이 나에게 집중할 기회가 필요하다.

넷째, 대나무 숲은 언제나 옳다. '대나무 숲'이라는 게 꼭 나의 힘듦과 불만을 토로하는 곳만은 아니다. 정말 힘들 때는 오히려 토로의 말을 삼킨다. 대신 지인들의 대나무 숲이 되어 주거나, 지인들과 좋은 물건이나 음식, 다정한 말을 나누려고 노력한다. 그러다 보면 굳이 힘들다 말하지 않아도 이미 말한 효과가 난다. 이런 대나무 숲은 여러 곳에 둘수록 좋다.

잘 못하는데 엄청 열심히
하더라. 나중에 물어봤어.
왜 그렇게까지 열심히 하냐고.
좋대, 바이올린이.
그때 알았어. 아, 나는
바이올린을 그냥 적당히 좋아하는
사람이구나. 재처럼 사랑하려고
애써 봤는데 그게 안 되더라.
그래서 그만둔 거야.

류보리
『브람스를 좋아하세요?』
SBS, 2020

"내 꿈은 충치야"라던 『메리대구 공방전』 속 뮤지컬 배우 지망생 메리의 말을 빌리자면, 글을 못 쓰지는 않지만 잘 쓰지도 않는 애매한 재능의 소유자로서 내 재능이 충치같이 여겨질 때가 많았다. 삶에서 빼 버리면 시원하겠으나 소중한 것을 잃게 될까 봐 통증을 감수하면서라도 품고 있는 재능. 그게 내게는 글쓰기다.

글을 잘 쓴다고 생각하던 시절이 있긴 했다. 학교 다닐 때 그 흔한 글짓기 대회 상장 한번 못 받았지만, 내 꿈은 언제나 작가였다. 그런 꿈이 깨진 건 글쓰기 재능을 타고난 사람들을 만나고부터다. 같은 주제로 글을 써도 그들은 나와 차원이 다른 글을 썼다. 처음에는 '언어 주머니'가 다른가 싶어 동경했다. 그다음에는 질투했다. 그러다가 질투마저 사치라 여겨지는 순간이 왔다. 결국 애매한 재능이라는 한계를 인정할 수밖에 없다고 생각하고 작가의 꿈을 포기했다.

돌이켜 보면, 내게 부족했던 건 재능만이 아니었다. 좋아하는 마음도 부족했다. 『브람스를 좋아하세요?』에서 4수 끝에 음대에 입학한 채송화의 친구이자 그에게 바이올린을 가르쳐 주는 선생님인 윤동윤처럼 나는 글쓰기를 "그냥 적당히 좋아하는 사람"일 뿐이었다. 열정을 이길 재능은 없다. 애매한 재능을 가졌음에도 바이올린을 끝까지 포기하지 않았던 채송화는 그걸 좋아했기에 버틸 수 있었고, 바이올린을 그만둔 윤동윤은 채송화만큼 바이올린을 좋아하지 않았기에 멈춘 것이다.

글쓰기는 재능이 8할을 차지하지만, 좋아하는 마음으로 노력하는 2할이 결정적 차이를 만든다고 생각한다. 그렇기에 괴로워하면서도 무언가를 여전히 하고 있다면 당신은 그걸 좋아하는 것이고, 무언가와의 관계를 이제 끝내고 싶다면 그 사랑이 딱 거기까지인 것이다. 누구의 잘못도 아니다.

먼저 가신 분들이 우리에게
남겨 준 소중한 이 땅에서 마음껏
연애하고, 마음껏 행복하십시오.

진수완
『경성 스캔들』
KBS2, 2007

11월 11일이면 평소 안 사던 과자를 사게 된다. '빼빼로데이'라는 어느 기업에서 만든 날에 그런 달콤한 상술을 핑계 삼아 동료와 친구들, 가족에게 선물하면 뿌듯해진다. 물론 나 같은 '호갱'을 나무라는 이들도 있다. 그날은 '농업인의 날'이니 농업인을 돕는 마음으로 숫자 '1' 모양인 가래떡을 사야 한다는 의견도 있다.

2월이면 난데없이 독립운동가 안중근 의사가 소환되기도 한다. 밸런타인데이인 2월 14일이 안중근 의사가 사형 선고를 받은 날이기 때문이다. 안중근 의사의 사형 선고일을 애도하는 이들은 밸런타인데이라는 상술에 휘둘리는 청년들의 역사의식을 얕잡아 본다. 덕분에 안중근 의사 사형 선고일을 알게 되어 고맙기는 하나, 초콜릿 쥔 손을 머쓱해진다.

『경성 스캔들』은 일제강점기인 1930년대 경성에서 펼쳐지는 청춘들의 삶과 사랑을 다룬 로맨틱 코미디 드라마다. 일제강점기라는 비극적 상황에 로맨틱 코미디라니! 마치 빼빼로와 가래떡을 함께 먹는 일처럼 어색하지만, 그런 이질적 상황이 복잡하게 공존하는 게 우리 삶 아니던가. 그 당시 청춘들은 모두가 비탄에만 빠져 살았을까? 아닐 것이다. 흰 저고리에 검정 치마를 입은 '조마자(조선의 마지막 여자)' 나여경, 경성 최고의 바람둥이 선우완, 경성 '힙스터' 기생 차송주, 변절자 이수현 등 드라마 속 인물들은 저마다 시대의 불운을 끌어안고서도, 열심히 사랑하며 각자의 투쟁을 한다.

이들이 치열하게 지켜 낸 세상에서 우리는 어떻게 살아야 할까? 정답은 없지만 드라마가 남긴 마지막 문장이 단서가 되지 않을까? 그러니까 빼빼로를 먹는다고 가래떡을 잊고 살 것이라는 편견을 가질 일도, 초콜릿 선물을 정성껏 준비하는 마음을 애먼 안중근 의사를 소환해 나무랄 일도 아니다.

뼈가 빠지도록 일해도 서울에
손바닥만 한 집 한 칸을 마련하기
힘든 이 더럽고 썩어 빠진 세상에
한 방에 돈을 모으는 것 말고는
탈출할 길이 없잖어.

김운경
『서울의 달』
MBC, 1994

"저 드라마에는 부자들만 사나 보네." 함께 드라마를 보던 지인이 말했다. 고개가 절로 끄덕여졌다. 돌이켜 보니, 드라마에 등장하는 집은 주로 갤러리 같은 저택이거나 적어도 중산층 이상은 되어 보이는 공간이었다. 아무리 가난한 집이라도 5인 이상 가족이 둘러앉아 밥을 먹을 수 있는 거실은 기본이다. 2~3대가 모여 사는 집이라면 적어도 2층 단독주택이어야 한다. 분가하여 혼자 살고 있는 젊은 세대의 집은 어떠한가? 자가인지 월세인지 알 수 없지만 비교적 좋은 오피스텔에 산다. 어디 집뿐인가? 가난한 백수도 명품 가방 하나쯤은 가지고 다니는 게 한국 드라마 속 세상이다. 한국 드라마는 가난을 보여 주지 않는다. 가난은 대상화되거나 주인공의 성공 서사를 위한 소품처럼 취급된다. 왜 한국 드라마에는 진짜 가난이 보이지 않을까? 드라마에서까지 구질구질한 현실을 보고 싶지 않은 대중의 정서가 반영된 결과일까? 계급화한 한국 사회를 있는 그대로 보여 주는 것일까?

모두가 그럭저럭 가난하던 시절에는 이른바 '서민 드라마'가 사랑받았다. 일요일 아침부터 TV를 켜게 했던 『한 지붕 세 가족』이 대표적이다. 또한 『걸어서 하늘까지』는 소매치기 남매의 비극적인 이야기를 중심으로 다양한 인간 군상을 보여 주었다. 『서울의 달』은 고등학교를 중퇴하고 무작정 상경한 홍식과 춘섭이 지금은 거의 사라진 '달동네'에서 살며 방황하고 좌절하는 이야기를 통해 서민들의 애환을 드러냈다.

물론 이런 드라마들 또한 가난을 극적 재미에 활용했다고 여겨질 수는 있겠으나, 주로 의류회사나 식품회사를 배경으로 재벌 2, 3세가 등장하고 그게 아니라면 변호사나 검사 등 전문직만 잔뜩 몰려다니는 요즘 드라마를 생각하면 다양한 삶을 입체적으로 보여 주던 드라마가 그리워질 때가 있다.

너 하나는 그냥 나 좀 기억해 줘라.
그래야 나도 세상에 살다 간 것 같지.

임상춘
『동백꽃 필 무렵』
KBS2, 2019

조용한 마을 옹산에 어느 날 정체 모를 가게 '까멜리아'가 생긴다. 주인이 젊은 여성이라는 걸 안 마을 여성들은 처음에는 긴장하지만, 그에게 아이가 있음을 알고 이내 안심한다. 그러다 그 가게에서 밥도 팔고 술도 판다는 걸 안 뒤에는 '까멜리아' 사장, 동백이 '직업여성'일지 모른다며 경계하느라 수군댄다. 남편 없이 애를 키우며 술집을 운영하는 여성이 환대받기는 쉬운 일이 아니다. 동백과 함께 사는 향미도 그런 존재다. 뭇 남성의 시선을 끄는 화려한 외모에 다소 위악스러운 말투와 행동을 일삼는 수상한 젊은 여성이 환영받기란 쉽지 않다.

『동백꽃 필 무렵』은 따뜻한 드라마지만 결코 '순한 맛'은 아니다. 오히려 서로의 속사정을 다 안다고 생각하는 '따뜻한 사회'가 자신들과 다르게 사는 존재에게 얼마나 배타적일 수 있는지 보여 준다. 그런 사회에서는 제아무리 '댓츠 오케이'를 외치는 동백이라고 해도 당당하기 힘들고 제아무리 '인생 2회 차'를 사는 듯 달관한 향미라도 약간의 광기를 피울 수밖에 없다.

그러나 드라마는 인간을 향한 연민과 낙관을 포기하지 않는다. 동백뿐 아니라 저마다 조금씩 결핍되거나 뒤틀려 있던 옹산의 여성들은 동백을 통해 자신을 돌아보며 성장할 기회를 갖는다. 그 과정에서 무수한 차별과 배제의 경험으로 한껏 주눅 들어 있던 동백에게는 엄마와 가족, 공동체가 생긴다. 그렇다면 그런 기회조차 얻지 못한 채 "너무 함부로, 외롭게" 떠난 향미는 어떻게 해석해야 할까?

어쩌면 향미는 차별과 배제 속에 여전히 갇혀 있거나, 제 이름 한번 제대로 불려 보지 못한 채 사라진 무수한 존재들의 이름이 아니었을까? 향미는 말한다. 잊지 말고 기억해 달라고. 그래서 작가는 향미가 죽은 후 한 회차를 향미를 기억하는 데 할애한다. 안 잊겠다는 다짐이라도 하듯.

결혼은 그렇게 간단치가 않아요.
판돈 떨어졌다고 가볍게 손 털고
나올 수 있는 게임이 아니라고요.
내 인생, 내 자식의 인생까지 걸려
있는 절박한 문제예요.

주현
『부부의 세계』
JTBC, 2020

『부부의 세계』는 고산시를 배경으로, 자수성가한 의사 지선우와 능력은 부족하지만 그 지역 출신인 영화감독 이태오의 부부관계에 이태오의 불륜으로 균열이 생기며 벌어지는 이야기다. 드라마가 방영될 당시 얼얼하게 맵고 강하다는 의미에서 '마라맛 드라마'로 불리기도 했다. 드라마를 보다 보면 능력 있는 여성 지선우는 왜 남편의 부정을 알면서도 결혼 관계를 깨지 못할까? 부정한 남편과 못난 남성들을 응징하는 데 성공하고도 왜 계속 고립될 수밖에 없을까 하는 질문이 생긴다.

이 질문은 한국 사회가 가부장 남성 중심이라는 문제의식과 만난다. 드라마 속 고산시의 권력 구조(지연, 학연, 혈연)는 남성 중심이며 여성들의 사교 모임 '고산 여우회'는 남편의 재력과 권력에 따라 위계가 정해진다. 이런 사회 속에서 오로지 실력으로 그 집단에 위태롭게 걸친 이방인 지선우는 남편과 아들이 있는 '정상가족'에 속해 있지 않으면 불완전할 수밖에 없다. 반대로 이태오가 성공할 수 있었던 이유는 생물학적으로 (잘생긴) 남성이라는 점과 아내의 능력, 연인 여다경의 아버지가 가진 재력과 권력 때문이다. 즉 자신의 노력으로 성취한 것이 없다. 그러므로 손해를 볼 게 뻔하지만 한번 발을 들여놓은 이상 쉽게 손 털고 나올 수 없다는 의미에서 지선우에게 결혼이란 인생이라는 판돈을 저당 잡힌 도박에 가깝다. 이 드라마는 충격적인 방식으로 가부장제의 허상을 폭로하는 데는 성공했으나, 여성 스스로는 그 세계에서 벗어날 수 없다는 메시지를 던지며 끝났다는 점에서 퇴행적이며 여성을 가스라이팅하는 드라마다.

난 내가 여기서 좀만 더 괜찮아지길
바랐던 거지, 걔가 되길
원한 건 아니었어요. 난 내가 여전히
애틋하고, 잘되길 바라요. 여전히.

박해영
『또 오해영』
tvN, 2016

학창 시절 오해영은 예쁘고 잘난 '다른 오해영'(이하 전해영)과 비교 대상이 되어 투명인간처럼 지내곤 했다. 성인이 된 후에는 승진에 밀리고 결혼식 전날 파혼을 당하는 등 시련을 겪는다. 오해영은 그런 상황을 잔잔한 '똘끼'와 특유의 발랄함으로 채우려 노력하지만, 자신을 사랑하지도 못하고 사랑받는 방법도 모른 채, 뒤틀린 내면을 가지고 산다. 뭇사람들의 관심을 한 몸에 받던 전해영도 고독하고 불행하기는 마찬가지다. '오해영들'은 겉으로 보기에는 직립의 인간으로 사는 것 같지만, 끊임없이 타인의 평가에 노출되거나 누군가로부터 사랑을 받아야 자존감의 허기를 채울 수 있는 여성들이다.

드라마는 그런 오해영들이 당차고 행복하게 잘 사는 대신 서로를 적대하게 만든다. 자신과 비교 대상이 되었던 전해영이 다시 나타나자 오해영은 그를 향한 적의를 드러내며 현재 자신의 연인이자 전해영의 전 연인이었던 박도경에게 지나칠 정도로 집착한다. 그래야 자신의 상처받은 자아가 회복되고 허기진 내면이 채워지는 것처럼.

그렇기에 "난 내가 여기서 좀만 더 괜찮아지길 바랐던 거지, 걔가 되길 원한 건 아니었어요. 난 내가 여전히 애틋하고, 잘되길 바라요"라는 오해영의 말은 기만적이다. 오해영은 자신이 불행했던 이유를 끊임없이 전해영에게 전가하며 자신도, 전해영도, 자신을 사랑하는 박도경도 불행하게 한다. 오해영이 자신을 무시한 무례한 시선에서 해방되어 자신뿐 아니라 전해영도 애틋하게 여기며 잘되기를 바라는 사람으로 성장하는 인물이었다면 어땠을까? 자신을 함부로 대하는 남성에게 사랑을 받아야 자존감이 회복되기라도 하는 것처럼 집착하고 매달리는 대신 혼자 콧노래를 부르며 잘 살았다면 어땠을까? 드라마를 보며 나도 오해영들이 잘되길 바랐다. 다만 드라마와는 다른 방식으로.

자신을 사랑하고 꿈을 향해
달렸던 여자들은 지금 어디서
무엇을 하고 있을까요? 지치거나
영악해졌고, 자신이 귀한
존재라는 걸 잊어 가고 있습니다.
내가 날 아끼지 않으면 누가 날
사랑해 줄까요? 이를 악물고
날 사랑해야지.

김인영
『아직도 결혼하고 싶은 여자』
MBC, 2010

한때 '골드미스'라는 말이 유행했다. 고학력에 사회적 성취도가 높고 경제 활동이 활발한 30~40대 비혼 여성을 일컫는 말이다. '혼인할 나이가 지나도록 결혼하지 않은 여자'라는 뜻의 '올드미스'보다는 사회적 지위가 향상된 셈이다. 이들을 타깃으로 한 마케팅이 활성화되었고 대중문화도 이에 맞춰 다양한 콘텐츠를 생산했다. '칙릿'chick+literature이 대표적이다. 칙릿은 소설뿐 아니라 영화나 드라마로도 제작되었다. 우리에게 익숙한 『악마는 프라다를 입는다』 『섹스 앤 더 시티』 등의 작품이 대표적이다. 한국에서도 한때 30대 여성의 일과 사랑에 관한 고민을 담은 드라마가 유행했다. 2000년대 중반부터 『결혼하고 싶은 여자』 『올드미스 다이어리』 『내 이름은 김삼순』 『달콤한 나의 도시』 등이 인기를 끌었으며, 『결혼하고 싶은 여자』는 후속 작품인 『아직도 결혼하고 싶은 여자』까지 선보였다.

이런 대중문화 콘텐츠는 그간 누군가의 딸·며느리·아내·엄마 등으로 여성을 가족 안에 배치하던 것을 30대 여성의 다양한 선택에 주목하여 개인으로서 그들을 조명하는 긍정적 변화도 있었지만 여전히 이들을 연애와 결혼이라는 틀 안에 가두는 진부한 설정이 반복된 탓에 시청자의 외면을 받기도 했다.

원가족에서 독립하여 직장에서 능력을 인정받고 '골드'에 어울리는 라이프스타일을 가졌지만, 드라마는 여전히 "직장에서 이렇다 할 성공을 못 해서, 그런데도 시집을 안 가서, 더 늦으면 건강한 아기를 못 낳을 거라서" 죄책감을 가진 존재로 응시했다. '골드미스'라 한껏 치켜세우며 소비의 주체로 지갑을 열도록 등을 떠밀었지만, 정작 그 삶은 존중하지 않으면서 30대 비혼 여성을 이용한 것이다. 그러다 보니 드라마 속 여성과 비슷한 연령대의 비혼 여성이었던 나조차 이들과 거리감이 있었다. 내가 이런 류의 드라마에 흥미를 잃은 이유다.

M의 공포에서 벗어나고 싶다
M의 탄생을 막는 확실한 방법,
마이보라

1994년 『M』 방영 이후 제작된 피임약
'마이보라' 광고

드라마는 시대와 무관할 수 없으며 시대의 한계 속에 존재한다. 1994년 드라마 『M』이 그렇다. 공포 드라마는 싫어하지만 『M』은 꼬박꼬박 챙겨 봤다. 『전설의 고향』 시리즈 이후 한국형 공포 드라마를 개척한 『M』은 '낙태당한' 아이의 기억 인자가 여자 주인공의 몸을 숙주 삼아 되살아나 세상에 복수한다는 내용이다. 특히 드라마 마지막 장면에는 임신중지를 반대하는 가톨릭 신부의 내레이션이 나올 정도로 임신중지 반대 메시지를 강하게 담았다. 심지어 "M의 공포에서 벗어나"라는 메시지를 담은 피임약 광고까지 나올 정도였으니 『M』으로 인한 사회적 효과가 얼마나 컸는지 짐작할 만하다. 여아 임신중지가 사회적 문제로 대두되고, 종교계를 중심으로 임신중지 반대 운동이 일어나던 1990년대, 『M』은 임신중지의 위험성을 자극적 방식으로 전달했다.

그렇다면 '낙태죄'가 폐지된 2020년 이후 드라마는 여성들의 임신중지를 어떻게 생각할까? 2022년 드라마 『우리들의 블루스』에서 고등학생 영주는 6개월이 지나서야 임신 사실을 알게 된다. 영주는 유도 분만을 통한 임신중지를 선택하지만 "내 아이이기도 하잖아"라며 아이를 낳자는 남자친구 현의 설득과 직접 들은 태아의 건강한 심장 소리에 오열하며 수술을 포기한다.

드라마는 낙태죄 폐지 이후 생긴 입법 공백 문제, 청소년의 임신 문제 등 비교적 민감한 동시대적 주제를 다루지만, 그 과정은 낡고 폭력적이다. 태아의 심장 소리를 들려주는 등 영주의 공포감과 죄책감을 자극하는 방식으로 여성의 자기 결정권(프로초이스)보다 태아의 생명을 우선(프로라이프)하는 보수적 관점에 힘을 실은 것이다. 자신의 몸에서 일어나는 일에 자신이 주체적으로 결정할 수 있는 권리를 여전히 부정적으로 해석한다는 면에서는 1994년 드라마 『M』에서 조금도 나아가지 못했다.

건너오지 말아요. 내가 갈게.

김은
『봄밤』
MBC, 2019

드라마 속 여성들이 답답하게 여겨질 때가 많아졌다. 드라마에는 일도 사랑도 제대로 하는 주체적 여성보다 그렇지 못한 여성들이 더 많아 보인다. 어찌 보면 그들은 가부장제라는 '아버지의 집'에서 아직도 나오지 못한 상태에 머물러 있는 것도 같다.

『봄밤』의 세 자매도 그렇다. 유명 아나운서인 첫째 서인은 아버지의 뜻에 따라 결혼한 의사 남편이 폭력을 일삼아 이혼을 결심하지만 임신 사실을 알고 갈등한다. 둘째 정인은 그런 언니처럼 살지 않겠다며 자신을 함부로 대하는 연인과 결별할 정도로 독립적이고 진취적이지만 아이가 있는 남자를 사랑하게 되며 망설인다. 세 자매 중 가장 자유로운 영혼을 가진 셋째 제인은 겉으로는 제멋대로인 듯하지만 내면은 아버지의 그늘에서 자유롭지 못하다. 이런 여성 서사는 여성의 주체성을 강조하는 시대에 맞지 않는, 뒤처지는 것으로 여겨진다. 그러나 이런 여성들도 느리지만 변화하며 성장한다는 걸, 드라마는 놓치지 않고 보여 준다. 서인이나 정인은 답답할 정도로 망설이지만 결국 자신을 억압했던 것들로부터 벗어나 자신들이 원하는 선택을 한다.

드라마는 이렇게 여성들이 성장하는 서사를 '선을 넘는다'는 메타포로 표현하기도 한다. 『밀회』 속 오혜원은 어둡고 비좁은 통로를 지나 이선재를 만나고, 『밥 잘 사주는 예쁜 누나』 속 윤진아는 위험한 뒷길과 철조망을 넘어 서준희와 사랑을 나눈다. 『봄밤』의 이정인도 마찬가지다. 처음에는 미혼부인 유지호를 받아들일 자신이 없어 그가 있는 건너편으로 차마 건너가지 못하다가 마침내 길을 건너 그에게로 간다. 나는 이 여성들이 선을 넘어 자신을 가두었던 세계를 탈출하는 순간들을 좋아한다. 아주 멀리는 못 가더라도, 일단 선을 넘었다는 데 의의를 두며 응원하게 된다.

한국이라는 공간에서 동시대를
살았고, 지금도 함께 사는 다양한
여성들의 수만큼 다채로운
여성들의 삶을 이야기하는
드라마가 필요하다.

권순택·감세옥
『페미니스트입니다만, 아직 한드를 봅니다』
탐탐, 2020

"'한드'(한국 드라마)를 즐겨 본다"라고 하면 "요즘에도 그런 드라마를 보세요?"라는 질문을 받곤 한다. 물론 최근 한국 드라마의 국제적 위상이 높아졌지만, 많은 이는 넷플릭스와 왓챠에서 방영되는 해외 드라마들이 '낙후된 한드'의 자리를 대신할 대안이라 말하기도 한다. 어느 정도는 맞는 말이다. 빠르게 변하는 미디어 환경 속에서 시대의 변화를 선도하기는커녕 오히려 퇴행하는 드라마들이 여전히 존재하고, 그런 드라마들이 누군가의 '인생 드라마'로 공유되곤 하니까. 나도 재미있게 보던 드라마가 결국 사회적 관습이라는 견고한 문을 박차고 나가지 못하고 주저앉으면 딜레마에 빠진다. 아, 이걸 계속 봐야 하나?

그런데도 꼬박꼬박 보는 이유는 "느리지만 변화하고 있다"라는 낙관 때문이다. 한국 드라마는 울퉁불퉁하다. 어떤 드라마는 너무 시대를 앞서가서 당시에는 환영받지 못하다가 수년이 지난 후에야 재해석되고, 어떤 드라마는 '우리 안의 가부장'을 눈뜨게 하고, 어떤 드라마는 21세기와 20세기가 공존하는 현실을 실감하게 한다. 이렇게 과거와 현재와 미래가 울퉁불퉁하게 뒤섞인 게 한국 드라마의 매력이기도 하고, 가능성이기도 하다. 어찌되었든 한국 드라마는 현재와 미래 사이에서, 퇴행과 진보 사이에서 '전략적 선택'을 하며 변화하고 있다. 그 선택의 갈림길에서 퇴행이 아닌 진화를 선택하게 하는 것은 결국 대중의 몫이다.

내 첫 드라마 관련 강의의 제목은 '한국 드라마에 페미니즘을!'이었다. 한껏 허세를 부린 이 주제를 통해 드라마에 여성의 이야기가 더 필요하다고 주장한 이유는 견고한 남성 가부장 중심 체제를 향해 질문하고 관습에 균열을 내고 다양한 선택지를 보여주는 드라마가 더 많아졌으면 해서이다. 그 균열 사이로 우리는 비로소 미래로 가는 문을 만날 수 있다.

슬프다. 내가 사랑한 남자마다
모두 폐허다.

최지은
『이런 얘기 하지 말까?』
콜라주, 2021

드라마 한 편이 끝나면 드라마는 드라마일 뿐이라고, 내 안의 '과몰입 방지 위원회'가 재빨리 내 등을 드라마 세계 바깥으로 떠민다. 그래야 쾌적한 드라마 덕질을 할 수 있기 때문이다. 처음부터 그럴 수 있었던 건 아니다. 좋아하는 드라마가 생기면 한동안 그 드라마에서 빠져나오지 못할 정도로 몰입했다. 드라마에 몰입하는 것은 배우를 향한 애정(혹은 미움)으로도 확대되었다. 해당 배우의 팬카페에 가입하여 열정적으로 활동하고, 컴퓨터에 그 배우 폴더를 따로 만들어 사진을 모으고, 그 배우가 출연하는 드라마를 세 번 이상 보며 한동안 그 세계에 빠져 살곤 했다.

그런 애정과 열정이 배신당하는 건 한순간이다. 정의로운 해결사 역할을 했던 배우가 신문 사회면을 장식하거나, 마음을 한껏 설레게 한 로맨스 드라마의 주인공이 성폭행 가해자로 밝혀지기라도 하면 그 드라마를 좋아했던 모든 순간이 머쓱해졌다. 단지 배우에게 실망하는 차원의 문제가 아니었다. 비록 드라마 세계였지만, 한동안 좋아했던 세계가 함께 무너지는 것 같았다.

드라마 덕질의 시간이 쌓이면 마음에 봉인해야 하는 드라마 리스트가 함께 쌓인다. 『성균관 스캔들』『쾌도 홍길동』 등 한때 사랑하여 몇 번이나 정주행했으나 남자 주인공이 사회적 물의를 일으켜 꺼림칙해진 드라마를 언제부터인가 '지뢰밭 드라마'라고 부르고 있다. 황지우 시인의 유명한 시 「뼈아픈 후회」의 한 자락을 빌려 표현하자면, 내가 사랑한 드라마마다 모두 폐허다. 드라마에서 그 배우가 나오는 부분만 도려내는 건 불가능하니 내가 사랑했던 그 폐허에 더는 발을 들이지 않는 것이 내가 지킬 수 있는 최소한의 윤리다. 그런 과정을 몇 번 거치며 한 편의 드라마가 끝나면 그 세계로부터 되도록 빨리 빠져나오려 애쓰는 것이 드라마를 사랑했던 시간을 지키는 일이기도 함을 깨달았다.

대한민국 국민이라면 누구나
마땅히 누려야 할 가장 기본적인
평등권이 아닌가요? 제가 뭘 더
고려해야 하는 겁니까?

김태희
『60일, 지정생존자』
tvN, 2019

국회의사당 폭탄 테러로 다수의 국회의원과 장관을 비롯하여 대통령까지 사망한 가운데 환경부 장관 박무진이 60일간 대통령 권한 대행으로 지정된다. 미국 드라마 『지정 생존자』를 한국 상황에 맞게 리메이크한 『60일, 지정 생존자』는 박무진 대통령 권한 대행이 정치인으로 성장해 가는 이야기이자 시대정신을 반영한 드라마이며, 다양한 정치 담론을 생산하는 매개가 된 드라마다.

그중 '차별금지법' 제정에 관해 갈등하는 부분을 인상적으로 봤다. '박 대행'이 대통령 출마 선언 후 처음 수행한 일정은 영화 관람이다. 관람 당일 그 영화의 감독이 레즈비언으로 커밍아웃해 이슈가 되고, 박 대행은 참모들에게 차별금지법 법령안을 준비하라고 지시한다. 이 지시는 바로 거센 반대에 부딪힌다. 참모들의 반대는 물론 유림과 종교 단체의 거센 저항에도 직면해 지지율 또한 하락한다. 결국 박 대행은 차별금지법 제정을 '다음 정부로 이양'하겠다고 결정한다. 현실에 부딪혀 기존의 정치와 다를 바 없는 선택을 한 그는 자신을 부끄러워하며 차별금지법 제정을 향한 의지를 밝히지만 "당신은 의무를 다하지 않았다"라는 커밍아웃한 영화감독의 차가운 일갈만 돌아올 뿐이다.

차별금지법은 "정치, 경제, 사회, 문화 등 모든 생활영역에서 합리적 이유가 없는 모든 형태의 차별을 금지한다"라는 내용을 담고 있는데 2007년 처음 발의된 이후 15년 넘게 국회 문턱을 넘지 못한 채 표류하고 있다. 드라마는 이런 한국 사회 현실을 반영하며 정치는 어떠해야 하는가에 관해 질문하고 고민하게 한다. 박 대행의 입을 통해 드라마는 묻는다. 대한민국 국민으로서 누구나 마땅히 누려야 할 기본적인 권리조차 누릴 수 없는 상황을 방치하는 정치의 쓸모는 무엇이냐고. "정치는 신이 부여한 모든 고통에 대한 인간의 끝없는 대답"이라는 대사를 떠올리며, 차별금지법 제정을 위한 우리 정치의 대답을 고대한다.

이 연못 안에 시신이 몇 구가
있을 것 같으냐? 이 안에
시신이 몇 구가 있건 몇십 구가
있건 그 누구도 아무도 내게
아무 말도 못 하게 만드는 것,
그것이 권력이다.

김은희
『킹덤』
넷플릭스, 2019

전란 후 세도 정치가 극에 달하고 왕은 해원 조씨 일가의 권력을 유지해 주는 꼭두각시로 전락한다. 그러던 중 병중에 있던 왕이 사망하자, 영의정 조학주는 세자 이창에게 왕위가 계승되는 것을 막으려고 해산이 임박한 중전, 즉 자신의 딸이 원자를 낳을 때까지 왕위가 존속되도록 이미 죽은 왕을 생사초로 되살린다. 왕은 그렇게 '살았으나 죽은 자, 죽었어도 살아야 하는 사람'이 된다. 이 결정은 돌이킬 수 없는 비극으로 이어진다. 좀비가 된 왕은 자신을 살리려 강녕전에 든 의원의 제자를 물어뜯고 그렇게 죽은 이의 시신을 굶주림에 시달리던 백성들이 나눠 먹는다.

권력이 제 욕심을 채우려고 수단과 방법을 가리지 않을수록 백성은 배가 고프다. 그렇기에 『킹덤』에서 좀비는 '굶주린 존재'로 나온다. 애초에 이들이 좀비가 된 이유도 주린 배를 채우려고 인육을 먹은 탓이므로 비극의 근원은 굶주림이다. 특히 시즌1의 1화에서 죽은 여성의 시체에 수백의 좀비가 달라붙어 뜯어먹는 장면은 내게 드라마 전체를 관통하는 이미지로 남았다. 권력 또한 굶주림에서 출발한다. 이미 많은 것을 가졌으나 더 가지고 싶은 굶주린 욕망이 강한 자가 약한 자를 뜯어 먹고, 약한 자는 더 약한 자를 뜯어 먹는 비극을 만드는 것이다.

『킹덤』은 조선 시대 이야기지만, 현대 사회를 은유하기도 한다. 욕심에 굶주린 이들 때문에 죽었으나 살아 있어야 했던 왕은, 욕심에 굶주린 이들 때문에 대통령의 자리에서도 꼭두각시로 전락한 어느 대통령을 떠올리게 했다. 예나 지금이나 권력을 이용해 사욕을 채우려는 이들이 정치를 하는 세상에서는 착취당하는 이들끼리 서로 잡아먹는 참극이 일어난다. 그렇게 타인과 소통하지 못하고 물어뜯기만 하는 사회를 '좀비사회'라 부른다.

최근 몇 년 사이 좀비가 활개치는 세상을 다룬 드라마들이 늘어난 것은 우연일까, 징후일까?

지극히 평범한 말단 조연출의 죽음은
현장의 종사자들과 시민들에게
강력한 자극과 일체감을 주었다.
지금의 시기에 드라마 현장에 있는
사람이라면 누구나 한빛 PD의
경험을 본인의 경험에 대입시킬 수
있었다. 아니 어쩌면 세상을 살아가고
있는 모든 보통의 사람들은 한 번쯤
한빛 PD가 되어 본 적이 있을 것이다.

이한솔
『가장 보통의 드라마』
필로소픽, 2019

골목에 평소보다 사람들이 북적였다. 무슨 일인가 궁금해서 사람들의 시선을 따라가 보니, 어마어마한 촬영 장비들이 빛을 쏘고 있었고 그 조명 한가운데에서 배우들이 연기하고 있었다. 물론 사람들에 가려 자세히 보지는 못했지만 드라마 촬영 현장을 직접 보니 신기했다. 그리고 며칠 후 내가 보는 드라마에 그 장면이 나왔다. 반갑기도 했지만 한편으로는 퀵 서비스로 배송되듯 촬영 후 겨우 며칠 내로 방영하려고 얼마나 많은 이들이 날밤을 새웠을까 생각하니 마음이 불편했다.

한국 드라마를 이야기할 때 '쪽대본'을 자주 언급하곤 한다. 쪽대본은 촬영이 임박해서야 나오는 대본을 의미한다. 쪽대본이라는 말 자체에서 드라마 제작 환경이 얼마나 숨 가쁘고 열악하게 돌아가는지 짐작하게 된다. 내가 보는 드라마가 누군가의 노동력을 짧은 시일 내에 집약적으로 갈아 넣어 만든 결과라 생각하면 편히 누워 보는 게 미안해질 정도다.

드라마를 볼 때 화면 바깥의 사람들을 머릿속에 그려 보곤 한다. 드라마 바깥을 상상하는 습관은 살인적인 드라마 제작 환경을 견디다 못해 스스로 목숨을 끊은 『혼술남녀』의 조연출 이한빛 피디 소식을 들은 후 생긴 습관이다. 그의 죽음을 통하고서야 비로소 드라마 바깥의 '얼굴'들을 생각했다는 게 부끄러웠다. 한 편의 드라마가 만들어지기까지 얼마나 많은 이들의 수고가 필요한지 상상하는 일이란 내가 먹는 밥과 반찬이 어디서 왔고, 누구의 수고로 만들어졌는지 헤아리며 밥을 먹는 일과 같다. 나를 먹여 살리는 일이나 내가 조금 더 인간답게 살도록 나를 가꾸는 일뿐 아니라, 나를 즐겁게 하는 일에도 누군가의 수고와 생명이 걸려 있다.

주님, 저는 지금까지 자는 사람은
깨울 수 있었지만 자는 척하는
사람은 깨울 수 없었습니다.
다 알면서 눈 감고 있는 자들을
깨우는 건 너무 힘든 일이었습니다.
그런데 이제 그들이 자신의 의지로
눈을 뜨기 시작했습니다. 그들은
더 이상 자는 척하지 않을 것입니다.

박재범
『열혈사제』
SBS, 2019

세상은 어떤 사람들에 의해 변화할까? 『열혈사제』를 보다가 떠올린 질문이다. 구담구 성당의 김해일 신부는 사실, 과거 국정원 대테러 특수팀 요원이었다. 예기치 않은 사고로 죄책감에 사로잡혀 폐인처럼 살다가 신부가 되었다. 그러다 자신이 아버지처럼 여기던 신부의 죽음을 계기로 '구담구'의 비리 카르텔에 맞서게 된다. 그런 그가 정의를 함께 실현할 동료로 선택한 사람들은 뜻밖에 비겁하고 불의한 자들이다. 동료의 죽음에 충격 받은 이후 비리에 눈감게 된 구대영 형사와 그의 동료들, 성공을 쫓아 비리 카르텔의 한 축을 담당하게 된 박경선 검사 등 모두 불의한 세상 한가운데서 '다 알면서 눈감고' 살던 사람들이다.

세상은 어떤 사람들에 의해 변화할까라는 질문에 『열혈사제』 방식으로 답해 보자면, 처음부터 정의로운 사명을 가지고 행동하는 이들뿐 아니라, 눈감은 자들을 깨워 함께 가려고 노력하는 이와 그런 노력으로 마침내 눈뜨게 된 이들이 함께 바꾸는 것이 아닐까?

이 드라마의 중요한 키워드는 '속죄'다. "성자에게도 과거가 있고, 죄인에게도 미래는 있다"라는 말처럼 속죄하는 심정으로 정의를 구현하는 일에 앞장서게 된 김해일 신부는 죄인들의 양심을 끊임없이 자극한다. 그런 김해일 신부에 의해 눈뜨게 된 사람들은 자신의 과거를 향해, 자신이 방관했던 세상을 향해 속죄하는 마음으로 정의를 위해 협력한다.

이 드라마에서 특히 좋았던 점은 김해일 신부가 정의를 구현하는 일에 여성, 사회성 부족한 청년, 외국인 노동자를 동료로 불러 모았다는 점이다. 결국 이 드라마가 구현하고자 한 세상은 눈감은 이들이 눈을 떠 세상을 구하고, 외국인 노동자 쏭싹과 조직폭력배 장룡(롱드)이 장벽 없이 친구가 되는 세상이 아닐까?

뭐라도 바꾸려면
뭐라도 해야지.

한준희·김보통
『D.P.』
넷플릭스, 2021

097

『D.P』는 안준호가 입대하여 D.P. 즉 탈영병을 잡는 군무이탈체포조에 배치되면서 이야기가 본격적으로 전개된다. 아버지의 가정 폭력과 사회에서의 멸시를 피해 도망치듯 입대한 그는 군대에서 더 강력한 불합리와 폭력을 만난다. 코를 곤다고, 만화를 좋아하는 '오타쿠'라고, 그냥 생긴 게 마음에 안 든다고 후임병을 구타하는 선임병이 있다. 사적인 편지를 공개해 망신을 주거나 성추행을 일삼는 것도 다반사였지만 아무도 그런 폭력에 이의를 제기하지 못한다. 군 간부의 세계도 마찬가지다. 자신의 관할 대대나 연대에서 '사건'이 일어나지 않도록 어떤 문제든 축소하거나 은폐하기에 급급하다.

꽤 많은 남성들이 이 드라마를 보고 자신의 군대 경험을 토로했다. 오랜 세월 군대 내 불합리와 폭력이 개인은 물론 사회에까지 광범위하게 영향을 끼쳤다는 뜻일 것이다. 군대 문제는 단지 군 내부의 문제가 아니다. 아버지가 가족을 폭행하고, 편의점 주인이 아르바이트생을 구타하는 장면은 사회에 만연한 폭력적 세계관의 기원으로서의 군대뿐 아니라 '확장된 군대'로서의 사회를 일관되게 증언한다. 이 폭력은 왜 끊어지지 않는 것일까? 여러 요인이 있겠지만, 직접적으로는 방관과 은폐 때문이다. 병장 황장수의 폭력이 후임 병사에게 가해지는 동안도, "우리는 저렇게 되지 말자"던 '봉디' 조석봉이 폭주하는 동안도, 무수한 방관자들은 계속 방관으로만 일관했기에 "그래도 되는" 폭력이 지속되었다.

『D.P』는 시종일관 "뭐라도 바꾸려면 뭐라도 해야지"라는 대사를 반복함으로써 우리가 방관자에서 뭐라도 하는 사람이 되기를 강력하게 요청한다. 그래야 이병 안준호가 무사히 전역할 수 있고, 그가 만날 세상이 조금이라도 변할 수 있을 테니 말이다.

다치지 말고 유쾌하게 가란 말이야.
사람들한테 사랑받으면서 살라고.

정세랑·이경미
『보건교사 안은영』
넷플릭스, 2020

“피할 수 없으면 당해야지.” 『보건교사 안은영』 속 안은영의 친구 강선의 말이다. 피할 수 없으면 즐기라는 말보다 이 말이 더 현실적이라 생각했다. 당하는 건 당장에는 힘들지만, 내성이 생겨 견딜 만해지기 때문이다. 문제는 ‘어떻게’ 당하느냐다.

귀신을 보는 능력 때문에 우울하게 사는 안은영에게 강선은 “그럴수록 달리는 모험 만화”로 살도록 조언한다. 유쾌한 장르로 자신의 캐릭터를 설정하란 뜻이다. 그 뒤 안은영의 눈에 귀신은 젤리로 보이고, 비비탄 총과 장난감 칼이라는 무기도 생긴다. 안은영은 이 무기를 들고 젤리로부터 목련고 학생들을 구하는 히어로가 된다. 고작 장난감을 휘두를 뿐인데 ‘히어로’라니.

이 드라마에서 히어로는 대부분 ‘당하는’ 위치에 있는 이들이다. “아무도 모르게 남을 돕는 운명”을 타고난 덕분에 귀찮고 힘든 삶을 사는 안은영, 사고로 다리를 절게 된 장애인이면서 안은영의 능력을 향상시킬 수 있는 한문 교사 홍인표, 지정된 지역 내에서만 생활하며 계속 제산제를 먹어야 하고 스무 살이 되기 전에 죽는 운명을 가졌음에도 학교를 구하기 위해 친구들에게 붙은 ‘옴’을 먹는 ‘옴잡이’ 혜윤. 이렇게 연약한 존재들이 ‘학교’라는 공간을 지배하는 악한 기운에 맞서 친구들을 지킨다. 비슷한 능력을 가졌어도 자신의 이익만 도모하는 원어민 교사 맥켄지처럼 다르게 살 수도 있겠으나, 이들은 자신의 운명을 피하는 대신 버티며 당하는 쪽을 선택한 것이다.

이 연약한 히어로들에게 ‘당한다’는 말은 무섭지만 도망가지 않고, 약하지만 무책임하지 않겠다는 뜻이 아닐까? 우리들의 일상이 비교적 멀쩡하게 유지될 수 있는 이유는 아마도 근근이 버티는 이들이 어디선가 열심히 비비탄 총을 쏘고, 장난감 칼을 휘두르고, 나를 대신해 배가 터지도록 옴을 먹고 있기 때문이라는 상상을 해 봤다.

잘 사는 것만큼,
잘 죽는 것도 중요해요.

이성은
『판타스틱』
JTBC, 2016

얼마 전 할머니가 돌아가셨다. 돌아가시던 날, 할머니가 먼 길을 떠난 줄도 모르고 미역국을 양껏 끓였다. 할머니의 죽음과 주로 생일날 먹게 되는 미역국이라니. 삶과 죽음이 이토록 가까웠던가 생각하며 당혹스러웠다.

『판타스틱』의 주인공 이소혜의 삶과 죽음도 그랬다. 잘나가던 드라마 작가 이소혜는 어느 날 '유방암 4기' 진단을 받는다. 수술이나 치료도 불가능한 시한부 삶이 시작된 것이다. 자존심과 독립심 강한 그는 자신의 운명을 빠르게 받아들이고, 일이 마무리되는 대로 아는 사람이 아무도 없는, 우유니사막에서 생을 마감할 계획을 세운다. 그에게 암 선고를 한 의사 홍준기도 암 환자다. 항암제가 듣지 않는 특이한 체질이라 치료를 받을 수조차 없어 당장 죽어도 이상하지 않을 사람이다.

『판타스틱』은 죽음에 관한 이야기지만 삶에 관한 이야기이기도 하다. 이소혜는 다시 만난 옛 연인과 연애를 시작하고, 홍준기는 그런 이소혜를 짝사랑한다. 그런 그들 곁에는 따뜻한 우정의 공동체도 있다. 홍준기는 그들과 함께 자신의 장례식인 '굿바이 파티'를 연다.

우리는 영원히 죽지 않을 것처럼 살지만, 사실 모든 인생이 시한부다. 삶은 당연하지 않고 죽음은 느닷없다. 10분 후에 죽을 수도 있고, 내일 깨어나지 못할 수도 있다. 삶 곁에는 언제나 죽음이 놓여 있다. 그렇기에 '어떻게 살 것인가'와 '어떻게 죽을 것인가'는 다른 질문이 아니다. "잘 사는 것만큼, 잘 죽는 것도 중요해요"라는 홍준기의 말은 "잘 죽으려면 잘 살아야 해요"라는 말로 해석될 수 있다. 어떻게 하면 잘 죽을 수 있을까? 아직 잘 모르겠지만, 일단 나의 삶을 존중하며 오늘을 잘 살아내 보기로 한다.

책이 세상을 바꿀 순 없어도
한 사람의 마음에 다정한 자국
정도는 남길 수 있지 않겠니.

정현정
『로맨스는 별책부록』
tvN, 2019

"하루 중 가장 행복한 시간이 언제인가요?"라는 질문을 받으면 망설임 없이 대답하곤 한다. 일과를 마치고 편안한 침대에 누워 드라마를 보다가 스르륵 잠들 때라고. 누군가에게는 드라마 보는 시간이 '바보상자' 앞에 생각 없이 붙들린 무의미한 시간으로 느껴질 수 있지만, 적어도 내게는 하루 동안 시달리고 소진된 영혼을 다독이는 치유의 시간일 때가 많았다. 야근하고 몸이 땅속으로 꺼질 듯해도 드라마 한 편 보고 나면 개운해진다. 한때 일상이 무너지는 일을 경험했을 때도 드라마 속 세상이 잠깐의 숨구멍이 되어 주었다.

선배 K도 그랬다. 달달한 로맨스 드라마를 보고 잔 날이면 신기할 정도로 숙면을 취한다고 했다. 누군가에게는 별것 아닌 한 시간 남짓한 시간이 어떤 이에게는 숨구멍일 수 있고 구원의 순간일 수도 있는 것이다. 그 숨구멍이 꼭 드라마일 필요는 없다. 아무리 피곤해도 책 한 페이지는 읽어야 편히 잠들 수 있다던 후배 Y에게는 책이 그런 역할을 할 수도 있다. 페이스북 친구의 게시물에 '좋아요'를 누르거나 인스타그램 친구의 사진에 '마음'을 찍으며 '다정한 자국'을 주고받는 일로 위로받는 이들도 있다.

방법이 어떠하든 중요한 것은, 일상과 일상 사이에 숨구멍을 만들고 여기저기 다정한 자국을 내며 발견할 수 있는 비법 하나쯤은 가지고 있을 것. 내게는 그게 드라마인 것이다.

함께 본 드라마 목록

『감자별2013QR3』 120부작, 월-목 20:50 방영
『갯마을 차차차』 16부작, 토일 21:00 방영, 원작: 영화 『어디선가 누군가에 무슨 일이 생기면 틀림없이 나타난다 홍반장』(강석범 연출, 2004)
『거침없이 하이킥』 167부작, 월-금 20:20 방영
『검색어를 입력하세요 WWW』 16부작, 수목 21:30 방영
『경성 스캔들』 16부작, 수목 21:55 방영, 원작: 소설 『경성애사』(이선미, 2001)
『공항 가는 길』 16부작, 수목 22:00 방영
『구경이』 12부작, 토일 22:30 방영
『굿바이 솔로』 16부작, 수목 21:55 방영
『그냥 사랑하는 사이』 16부작, 월화 23:00 방영
『그녀의 사생활』 16부작, 수목 21:30 방영, 원작: 웹소설 『누나팬닷컴』(김성연, 2007)
『김과장』 20부작, 수목 22:00 방영
『나의 아저씨』 16부작, 수목 21:30 방영
『내 아이디는 강남미인』 16부작, 금토 23:00 방영, 원작: 웹툰 『내 ID는 강남미인!』(기맹기, 2016~2017)
『내 이름은 김삼순』 16부작, 수목 21:55 방영, 원작: 소설 『내 이름은 김삼순』(지수현, 2004)
『눈이 부시게』 12부작, 월화 21:30 방영
『달리와 감자탕』 16부작(+1), 수목 21:30 방영
『대장금』 54부작, 월화 21:55 방영
『동백꽃 필 무렵』 40부작(+2), 수목 22:00 방영
『드림하이』 16부작, 월화 22:00 방영
『D.P.』 6부작, 원작: 웹툰 『D.P 개의 날』(김보통, 2015)
『또 오해영』 18부작, 월화 23:00 방영
『라이브』 18부작, 토일 21:00 방영
『라켓소년단』 16부작, 월화 22:00 방영
『런 온』 16부작(+1), 수목 21:00 방영
『로맨스는 별책부록』 16부작, 토일 21:00 방영
『마녀의 법정』 16부작, 월화 22:00 방영
『마더』 16부작, 수목 21:30 방영, 원작: 일본 드라마 『マザー』(마더) (2010)
『마인』 16부작, 토일 21:00 방영
『멜랑꼴리아』 16부작, 수목 22:30 방영
『멜로가 체질』 16부작(+1), 금토 22:50 방영
『며느라기』 12부작, 토 10:00 방영, 원작: 웹툰 『며느라기』(수신지, 2018)
『모래성』 8부작, 월화 22:00 방영, 원작: 소설 『모래성』(김수현, 1986)
『미생』 20부작, 금토 20:30 방영, 원작: 만화 『미생』(윤태호, 2016~2017)
『미스코리아』 20부작, 수목 21:55 방영

『미스터 선샤인』 24부작, 토일 21:00 방영
『미안하다 사랑한다』 16부작, 월화 21:55 방영
『보건교사 안은영』 6부작, 원작: 소설 『보건교사 안은영』(정세랑, 2015)
『봄밤』 32부작, 수목 20:55 방영
『부부의 세계』 16부작(+2), 금토 22:50 방영, 원작: 영국 드라마 『Doctor Foster』(닥터 포스터) (2015~2017)
『부암동 복수자들』 12부작, 수목 21:30 방영, 원작: 웹툰 『부암동 복수자 소셜클럽』(사자토끼, 2018)
『브람스를 좋아하세요?』 16부작, 월화 22:00 방영
『비밀의 숲』 16부작(+1), 토일 21:00 방영
『사랑이 뭐길래』 55부작, 토일 20:00 방영
『사랑했나봐』 144부작, 월-금 19:50 방영
『산후조리원』 8부작, 월화 21:00 방영
『서울의 달』 81부작, 토일 20:00 방영
『송곳』 12부작, 토일 21:40 방영, 원작: 웹툰 『송곳』(최규석, 2013~2017)
『술꾼도시여자들』 12부작, 금 16:00 방영, 원작: 웹툰 『술꾼도시처녀들』(미깡, 2014~2021)
『스물다섯 스물하나』 16부작(+1), 토일 21:10 방영
『스카이 캐슬』 20부작, 금토 23:00 방영
『슬기로운 의사생활』 12부작, 목 21:00 방영
『시그널』 16부작, 금토 20:30 방영
『시맨틱 에러』 8부작, 원작: 소설 『시맨틱 에러』(저수리, 2018)
『식샤를 합시다』 16부작, 목 23:00 방영
『신의 퀴즈: 리부트』 16부작, 수목 23:00 방영
『쌈, 마이웨이』 16부작, 월화 22:00 방영
『(아는 건 별로 없지만) 가족입니다』 16부작, 월화 21:00 방영
『아버지가 이상해』 52부작, 토일 19:55 방영
『아줌마』 54부작, 월화 21:55 방영
『아직도 결혼하고 싶은 여자』 16부작, 수목 21:55 방영
『어쩌다 발견한 하루』 32부작, 수목 20:55 방영, 원작: 웹툰 『어쩌다 발견한 7월』(무류, 2018~2019)
『M』 10부작, 월화 21:50 방영
『여자는 무엇으로 사는가』 12부작, 월화 21:50 방영
『열혈사제』 40부작(+1), 금토 22:00 방영
『오로라 공주』 150부작, 월-금 19:15 방영
『오월의 청춘』 12부작, 월화 21:30 방영, 관련 작품: 동화 『오월의 달리기』(김해원, 2013)
『옷소매 붉은 끝동』 17부작, 금토 21:50 방영, 원작: 소설 『옷소매 붉은 끝동』(강미강, 2017)
『원 더 우먼』 16부작, 금토 22:00 방영
『유 레이즈 미 업』 8부작
『유미의 세포들』 14부작, 금토 22:50 방영, 원작: 웹툰 『유미의 세포들』(이동건,

2015~2020)
『60일, 지정생존자』 16부작, 월화 21:30 방영, 원작: 미국 드라마 『Designated Survivor』(지정생존자)(2016)
『은주의 방』 12부작, 화 23:00 방영, 원작: 웹툰 『은주의 방』(노란구미, 2013~)
『응답하라 1988』 20부작, 금토 19:40 방영
『인간실격』 16부작, 토일 22:30 방영
『인생은 아름다워』 63부작, 토일 21:55 방영
『정도전』 50부작, 토일 21:40 방영
『직장의 신』 16부작, 월화 22:00 방영, 원작: 일본 드라마 『ハケンの品格』(파견의 품격) (2007)
『질투』 16부작, 월화 22:50 방영
『착하지 않은 여자들』 24부작, 수목 22:00 방영
『청춘기록』 16부작, 월화 21:00 방영
『청춘시대』 12부작, 금토 20:30 방영
『최고의 이혼』 32부작, 월화 22:00 방영, 원작: 일본 드라마 『最高の離婚』(최고의 이혼) (2013)
『추노』 24부작, 수목 21:55 방영
『출사표』 16부작, 수목 21:30 방영
『카이스트』 81부작, 일 21:50 방영
『커피프린스 1호점』 17부작, 월화 22:00 방영, 원작: 소설 『커피프린스 1호점』(이선미, 2006)
『킹덤』 시즌1 6부작·시즌2 6부작(+1), 원작: 만화 『신의 나라』(김은희, 2019)
『태릉선수촌』 8부작, 토 23:40 방영
『파스타』 20부작, 월화 21:55 방영
『판타스틱』 16부작, 금토 20:30 방영
『펀치』 19부작, 월화 22:00 방영
『펜트하우스』 21부작(+1), 월화 22:00 방영
『풍문으로 들었소』 30부작, 월화 22:00 방영
『해피니스』 12부작, 금토 22:40 방영, 관련 작품: 웹툰 『해피니스』(진철수·박시현·정석현, 2021~)
『환상의 커플』 16부작, 토일 21:40 방영, 원작: 영화 『Overboard』(게리 마셜 연출, 1987)

드라마의 말들
현재를 담아 미래를 비추는 거울

2022년 7월 4일 초판 1쇄 발행

지은이
오수경

펴낸이 조성웅
펴낸곳 도서출판 유유
등록 제406-2010-000032호(2010년 4월 2일)

주소 서울시 마포구 동교로15길 30, 3층 (우편번호 04003)

전화 02-3144-6869
팩스 0303-3444-4645
홈페이지 uupress.co.kr
전자우편 uupress@gmail.com

페이스북 facebook.com/uupress
트위터 twitter.com/uu_press
인스타그램 instagram.com/uupress

편집 사공영, 김은경
디자인 이기준
조판 정은정
마케팅 황효선

제작 제이오
인쇄 (주)민언프린텍
제책 다온바인텍
물류 책과일터

ISBN 979-11-6770-031-5 03810